グルイス・ペイントス

特技 剣技、威圧、縮地、身体強化、怪力

……国を滅ぼしたバルギウス帝国の隊長でも……持ち主。部下を大事にするが、……、無残な攻撃を加える人物。

ギレザム

特技 剣技、瞬発力、タフ（強靭な体と体力）

ラウルの実の父親で元魔王・ガルドジンの下にて魔王軍の隊長格だったが、ガルドジンが現魔王に破れてもガルドジンについてきた忠義に厚い魔人。

ゴー……

特技 鉤爪攻撃、巨大オオカミ変身、疾走、持久走

オーガとライカンのハーフの少年。年齢は三歳。元魔王・ガルドジンに従う魔人。変身すると巨大な狼になるが、元に戻ると服が破れる欠点がある。

イオナ・フォレスト

特技 動物の飼育、草花の手入れ

ラウルの育ての母親。ラウルを本当の息子のように慈しむ優しい人物。自分の求めるものはどんな手段を使ってでも手に入れるような一面も持つ。

シャーミリア・ミストロード

特技 爪で斬り裂く、高速飛翔、ゾンビ作り、怪力、吸血、不老不死

数千年を生きる不老不死のヴァンパイア。無意識のラウルが元始の魔人として目覚めた時からラウルに完全服従となり付き従うようになる。

ラウル・フォレスト

特技 現代兵器召喚、戦術発案

サバゲを愛する三十一歳のサラリーマンが転生して三歳の男爵家の息子として覚醒！前世の銃火器を召喚出来るスキルを持つ。

マリア・サナル

特技 遠距離スナイプショット、動体スナイプショット、二丁拳銃撃ち

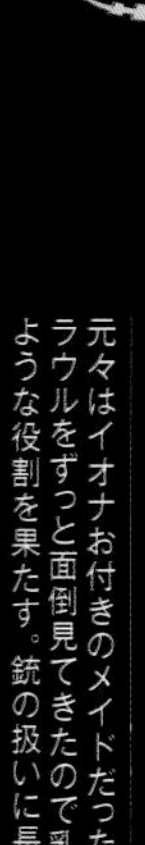

元々はイオナお付きのメイドだったが、ラウルをずっと面倒見てきたので乳母のような役割を果たす。銃の扱いに長けている。

銃弾魔王子の異世界攻略 ―魔王軍なのに現代兵器を召喚して圧倒的に戦ってもいいですか―

《ん？　ヴァンパイアが何かに驚いているようだが、他にだれかいるのか？　誰だ？》
ダムダムダムダムッ!!!　ドゥバ――ンヴゥワアアアア！　ズガガガガガガガ！
《なんだ？　爆発音や射撃音やいろんな武器の音が混ざってる気がする？
こんなに武器出したっけ？　体が熱いぞ！
なんだ？　誰だ？　誰が攻撃しているんだ!?》
ぎゃるぁひるぅぅうううぅぅぁああああ!!
《えっ!?　なんか変な叫び声がする！　新手か？　万事休すか!!》
一気にあたりがシーンとした。
ようやく薄っすら目を開けることができた。
《やった！　目覚めることができた！　とにかくみんなで逃げるんだ》
俺の目の前には火の海が広がっていた。
顔が炎で照らされて熱い。そして俺は空にいた。
「なんだ？　これ？」
爆撃されたような焦土。
あちこちえぐれたクレーターとヴァンパイアの子分どもの残骸。
万事休すの危機的状況。
絶体絶命の覚悟の中で覚醒。
万物全て破壊するような
偉容へと超進化――。

ダッシュエックス文庫

銃弾魔王子の異世界攻略
―魔王軍なのに現代兵器を召喚して圧倒的に戦ってもいいですか―

緑豆空

プロローグ

闇夜の天空に舞う二つの影。
その背には夜の闇を吸い込んだような漆黒の翼。二人はその翼を軽く羽ばたかせ、重力を無視するかのように夜空に浮かぶ。一人はドレスを纏い、軽くウェーブしたブロンドの絶世の美女。一人はメイド服を着た長い黒髪の涼し気な顔立ちの女。その美しい二人の赫灼の瞳が見据えた先には、全身鎧に身を包み剣を振り回して必死に逃げまどう騎士たちの姿があった。すでに頼みの綱である魔法使いたちは殺され、元仲間だったゾンビの襲撃に抗うだけで精一杯。自らが幼少の頃から鍛え上げてきた剣技と自らを救ってきた剣は、親しい仲間だった動く死体の首をはねるしかなかった。月明かりが照らした刹那、一人の兵士が天空に浮かぶこの世のものとは思えぬ美しい死神を見る。だがそれは兵士がこれから死ぬまでの数秒だけの記憶に過ぎない。
《撃て》
脳内に鳴り響く愛する主の命令に従い、その手から放たれたのは弓矢でも魔法でもなかった。

M２４０中機関銃

美しい死神から毎分９００発の速度で射出される７・62㎜×51㎜の鉄の弾丸。背のバックパックより装弾(そうだん)されるそれは、全身鎧の騎士達に雨あられの如く降り注ぐのだった。

第一話　貴族転生

俺はアメリカで開催されたサバゲーの大会に出場していた。

日本のサバゲー全国大会で優勝し知名度が上がったところで、アメリカの、とある運営から大会への招待メールが届いたのだ。高山淳弥三十一歳。子供の頃にミリタリーにハマって以来それ一筋、ミリオタでおまけに童貞だ。子供の頃は『武器大百科』なる本を買ってもらい、武器ひとつひとつをノートに描いては妄想を膨らませていた。銃にライフル、手榴弾、バズーカ、戦車やミサイル、戦闘機や戦艦まであらゆるものを妄想した。大人になってから始めた一人暮らしのアパートの部屋はモデルガンだらけ。まるでスパイ映画の隠れ家みたいになっている。

いつごろからか〝戦闘がしたい〟という欲求が生まれ、サバゲーにのめり込み、立派なミリオタ童貞超人になったというわけだ。そんなリア充とは正反対の生き方を満喫している俺だったが、サバイバルゲーム専門店に入り浸っている時にできた趣味友がいる。

いわゆる戦友だ。

今回はその戦友三人とアメリカまでやって来ていた。今はアメリカ人チームと準決勝の真っ只中である。多様な障害物が設けてある特設会場には大勢の観客がいて、観客たちは各所に仕込まれたカメラ映像をモニターで見ていた。さすが本場アメリカはずいぶん金がかかってる。試合開始から五分が経過し膠着状態となり、こちらから仕掛けようとしているところだった。

「さすがはアメリカの準決勝進出チームだな」

本場アメリカのサバゲーはレベルが高く、簡単には勝たせてもらえないようだ。それもそのはずで退役軍人や元特殊部隊がいたりするからだ。俺から見て右の障害物の陰から、同じチームの皆川が、軍隊式のサインで左から回れの指示をだしている。俺はすぐに左手前方の障害物に滑り込んだ。さすがに皆川は元陸自でレンジャー、的確に敵の動きをよんでいる。俺は更に左手にいる林田を見る。林田はIT系で頭が良く、状況を理解しながら動くことができた。すでに相手チームは目と鼻の先にいるはず。林田がさらに前の障害物に飛び出す。その瞬間。ポスポス！　というモデルガンの乾いた音がした。林田はピンク色のペイント弾を被弾し、やられた証であるバンザイをした。

《やっぱり本場のやつらは強い。だがこれは想定通り》

これで4対3。林田が仕留められてしまったが、林田はオトリ。俺のチームはここからが本領発揮だ！　右を見ればやはり間髪容れず皆川と田中が素早く動いていた。田中はドクターヘリのパイロットで状況判断が早い。一人仕留めたことでほんの一瞬だけ集中が切れたアメリカチームの真横に飛び込み、相手二人の背中に正確に青のペイント弾を打ち込んだ。相手の意識の不意をついて有利な状況を作り上げていく。サバゲーならではの戦術であり、命がかかっている実戦ならば使えない作戦である。2対3。動揺している残った敵二人の後ろから俺がペイント弾を打ち込めば、たとえ相打ちでもこのゲームは俺達の勝ち。本物の銃と違ってモデルガンなら相打ちでも死ぬことはない、これが俺達が考えたサバゲーの戦略だった。一瞬の勝負！

俺が一人目をペイント弾で青色に染め、障害物の陰にいた二人目にモデルガンを向けた時、相手も振り向きざまに俺に銃口を向けてきた。最後の一人はずいぶん冷静なようだが、とにかくこちらの思った通りに動いてくれた。勝った！

《ん？　相手が笑ってる？》

ポスポス！　パンパン!!

《んっ？　パンパン？》

最後の一人を青色に染めたのを確認した後、やたら大きい発砲音を聞きながら体に強い衝撃を受けて倒れた！　ものすごい激痛と火箸でも突っ込んだような熱さを胸部に感じる。

「ゴフッ！」

血を吐き撒き散らしながら、仰向けに倒れ込む。目の前が暗くなり…意識がおちた。

重い瞼をあけると、泣きそうな顔で皆川と田中と林田が俺をのぞきこんで何か叫んでいた。と…もう二人は…救急隊員なのだろう。息ができない。…途切れ途切れだが、こいつらが言うには本物の銃を持ちこんだやつが紛れ込んでいたらしい。

《…なんで本物の銃が？　うそだろ…そんなことあるわけない…なんで？》

「高山！　がんばれ！　日本に帰ろう！」

皆川が必死になって俺の意識を手繰り寄せてくれているようだ。

「なんか…つまらな…思い出…しちゃっ…ごめん…」

苦しくて言葉が発せないが、申し訳なさすぎて俺は皆川にそう言った。

「ばかやろう！　そんなことどうだっていい！」

皆川は真剣な顔で怒ってた。

《相変わらずいいやつだ…なんか力が抜けてきた…彼女くらい作ってみたかったな…》

「フッ…ゴフッ」

俺は血反吐を吐きながらもニッコリ笑う。ピ――――　心電図が連続音を立てた。

「高山ぁ！」

俺は死んだ。

・・・・・・・・・

目が覚める。あたりはぼやけており、うっすらしか見えずボーっとする。眠る。腹が減った。うっすら光が見える。口から何か温かいものが入ってきて満たされる。また眠る。股間が湿っぽく気持ち悪くて起きる。気持ち悪さが取れた。また眠る。勝手に目が覚め腹立たしい。急に体がふわっと浮く。ゆったり揺れる。また眠る。ただ…幸せだ…。

ずいぶん長いこと、そうしたことがまどろみの中で繰り返され、白っぽい濁った世界を生きてきた気がする。よく思い出せないがモヤモヤした時間だった。そんなことを繰り返していたある日、俺は唐突にはっきりと目が覚めた。見慣れぬ天井…窓から月の光がさしている。

《あれ?? えっと…皆川は？ いったいどうなってる？》

俺は慌てて体を起こし、ベッドから降りようと足を伸ばす。そして、その異変に気が付いた。

《床に足がつかない！ あれ？ 俺ずいぶん短足になってないか？ 見下ろせば幼児の足が見えるし、手も…手もちっさ！ もみじみたいだ。でもこれが…俺の手？ なんだこれ？》

「どうしたの、ラウル？」

ギクゥ！ 背後から若い女に声をかけられ一瞬心臓が止まるかと思った。振り向けば金髪のロングヘアーを胸元に垂らした、二十歳くらいの端整な顔立ちの超美人がいる。

《美人だ…しかも薄着で服が緩くて…胸元が開いている。というか、先っちょが透けて見えてる。だけど…俺はこの人のことをよく知っている。この美人の正体は間違いなく俺の母親だ…日本人じゃないがなぜか俺自身がそう理解してる。俺の本来の年齢からすればかなり年下だ》

「おしっこ？」

美人ママの問いに、俺はコクリと頷いた。

「はいはい」

美人ママは優しく俺を抱いてベッドから降ろしてくれた。胸がはだけて見えそうになったが惜しくも見えない。彼女は枕元のロウソクに火を灯し俺の手をひいて部屋を出る。

《ここはまちがいなく病院ではない…記憶が正しければ…ここは我が家だ》

俺はトイレを済ませて部屋に戻りベッドに入る。

美人ママは優しく囁いて額にキスをした。

「おやすみ、ラウル」

「うん」

俺は目をとじ寝たふりをしながらも鼓動が高なっていた。昨日、寝る前までの数ヵ月の記憶は確かにある。それは横で寝ている美人ママから育てられてきた記憶だ。昨日は彼女から本を読んでもらいながら眠ったはずだった。ラウルというのは俺の名前で、あきらかに日本人の名前じゃない。父親もいる、逞しい男でまずまずのイケメンだったはずだ。家族にはめちゃくちゃ優しい父親だ。その記憶は確かにある。だがたったいま俺はアメリカのサバゲー大会で、本物の銃で撃たれたあげく救急車の中で死んだことを思い出したのだ。俺の頭の中でピントが合ってきた。

《誰だよ！　サバゲー中に実弾を撃ったやつは！　事故か？　そして転生前の記憶が蘇っただと？　テレビのバラエティーでそんなのを見たことある気がするが…てか！　俺、子供になってるし！　高山淳弥という名前の三十一歳のサラリーマンで、友達の皆川たちとサバゲーのアメリカ大会まで行ったことまでは覚えてる。だが細かい諸々のことが朧気だ。今は何年の何月だ？　日本には行けるのか？　てか生まれつきバイリンガルじゃね？　外国の言葉話してるし。この言葉は…英語でもフランス語でもドイツ語でもなさそうだ。中東あたり？　よくわからん。いいとこのお坊ちゃんだといいが。でかいベッドや母を見る限りは、品の良い家柄っぽい。でもさっきのトイレは不思議だった。便器の下から川のせせらぎのような音がした。特に水を流すことはなくそのまま出てきちゃったけど、見たことないトイレだ…とにかく明日だ…しかし…美人だよな…俺のかあちゃん…かあちゃんなんだから触ってもいいよな…うん…》

ぐるぐる思案にくれる俺だったが次第に眠くなり、美人ママの胸を触りながら眠りに落ちた。

そして…朝。隣ではまだ美人ママが寝息をたてて眠っている。

《明るい所で良く見てもやはり美人だ。正直、映画やテレビでも見たことないレベル。ヨーロッパ系の女優かモデル？　そんな家に転生できたのだとしたらラッキーすぎるぞ》

俺は彼女を起こさないよう、布団にぶら下がるようにして床にすべり降りそっと部屋を出る。

《まだ日が昇ってない。朝五時ごろか？　時計とかないのかな？》

薄暗いながらも目が慣れてきて、家の中が見渡せるようになっていた。手すりや窓枠などいたるところが豪華に装飾されており、廊下の角に大きなツボが飾ってある。

《うはあ！　ハリウッド俳優とか金持ちが住んでいそうな家だ、間違いなく貧乏ではないぞ！というより極端に金持ちじゃね？　豪華すぎる。マジで女優さんだったりして！》

俺は家の豪華さに感動しつつ、とりあえず他の部屋に行ってみる。リビングにはテーブルと椅子が四脚あり、テーブルの上の花瓶にはスズランのような可愛らしい花が生けてあった。壁際に高価そうな食器などが飾られている棚がある。豪華なアンティーク調で一目で高級だとわかる。すると、俺はその棚に何らかの違和感を覚えた。棚の一部がキラリと光ったような気がしたのだ。吸い寄せられるように近づいてみるが、小さい俺には高くて届かない。とにかく無性に見たかった。椅子に登ったら見えると思い、テーブル脇の椅子を動かそうとしてみた。

「ウーン！」

《ビクともしない…幼児って驚くほど非力だな。本腰いれないとまったく動きそうにないぞ》

グラリと傾いて椅子が倒れてきた。あわてて押さえるが、思いのほか重くて支えきれない。

ガタン！

倒れた椅子が重くて起こせずボーっと眺めていたら、扉が開いて美人ママが入ってきた。

《ヤバかった！　下敷きにならなくて良かった》

「ラウル！　どうしたの！」

美人ママは心配そうな顔で駆け寄り、俺を抱き抱えた。俺は動揺を隠す。

「あ、えっと…」

「イタズラでもしようとしたのかしら？」

美人ママは怒ってはいないようだった。やはり、ため息が出るほど美人だ。

「あの棚の中のものを取ろうとしたの」

俺がそう言うと、美人ママは俺を抱いたまま棚に近づき、キラリと光るそれを取って見せてくれた。

拳銃の弾丸　サイズ的には９㎜

ミリオタならそれぐらいわかる。なぜここに一発だけ置いてあるのか？　三歳が弾丸のことを知っていたら母親は心配するかも知れないので、とぼけて聞いてみた。

「これはなあに？」

「これはあなたの胸の中から出てきたのよ。きっと神様が、あなたのお守りに授けたものかもしれないからと大事にとっているの」

《ってことは弾丸が、そのまま俺の体内に残って一緒に転生しちゃったってこと？　でも拳銃の弾を神様の贈り物って、うちのママはどんな神経しとるんじゃ？》

「でもこれが何なのかはお父さまも母さんも分からないのよね」

《えっ？　分からない？　弾丸見たことないのかな？　ここは銃社会アメリカではないのかも》

「ふーん」

俺はそれについてあまり話さない方が良いと思い、興味をなくしたそぶりをすると、コンコン！　ドアがノックされ入口に一人の女性が立っていた。

「イオナ様、おはようございます。ラウル様もお早いお目覚めですね」

「マリア、おはよう」

《えーと…この服装はメイドだな。メイド？　ここヨーロッパのお偉いさんの家？　日本じゃコスプレでしか見たことないぞ！　金持ち確定！》
「マリア、おはようございます」
　俺はメイドの名前を知っていた。そして母の名前はイオナ。マリアと呼ばれたメイドは可愛らしい顔をした十代後半くらいの女性だ。肩までの焦茶色の髪が似合っている。
《で、つい目がいっちゃうんだが、胸が発達していらっしゃる。ぷるんぷるんいってる！》
「薪を取りに行こうと外にいましたら物音がしましたので」
「大丈夫よ」
　イオナが答えた。次の瞬間、マリアは自然な動作でロウソクに手をかざした。すると手のひらを淡い光が包みロウソクに火が灯った。まだ少し薄暗かった部屋をロウソクの灯が照らす。
《なに今の？　手をかざしたら火がついたように見えたんですけど？　手品？　このロウソクそういう電化製品かなにか？　なんかとても所作が自然だったな》
　急だったので一瞬何が起こったかわからなかった。とにかくロウソクに勝手に火が付いた。
「それでは、朝食のご用意をしてまいります」
　マリアはそう言って頭を下げ、ふたたび部屋を出ていった。
《なんかロウソクに仕掛けはなさそうなんだけどな。イオナもそれを見てたよな。この家は電気ないの？　昨日の夜トイレに起きた時もロウソク使ってたぞ》
　ふいに天井を見上げてあることに気がついた。蛍光灯がない代わりにあるのは、ランプのシヤンデリア。俺が蛍光灯に考えを巡らせていると、ふと外から何かガシャガシャと物音がした。

《誰か人が来たみたいだ…こんな朝っぱらから？》

イオナが抱いた俺を降ろして窓の外を見ると、表情がぱあっと明るくなった。

「あら！　お父さまがお仕事から帰ってきたわ！　ラウルも一緒にお出迎えしましょ」

《えっ？　朝帰り？　イオナがお仕事って言ってたな、夜勤明けか？》

二人でエントランスに出て、その豪華さにビックリ、赤い絨毯と巨大シャンデリアが目に飛び込んできた。エントランスの中ほどから二階に階段が伸びている。

《豪華すぎる！　すごっ！》

エントランスを通りすぎて俺とイオナは急ぎ玄関に向かった。そして重厚な玄関を開ける。

「帰ったぞ！」

「おかえりなさーい」

《あれっ！　これがお父さん？》

ドアが開き、そのあまりもの光景が衝撃的すぎて固まった。いや記憶にあるお父さんには間違いないが…そこには銀のプレートアーマーに身を包み、背に剣を背負った父親がいた。

「ようラウル、いい子にしてたか！」

全身プレートアーマーの親父に頭を撫でられた。

《これ…答え合わせできちゃったよ…銀のプレートアーマーのコスプレ？　違う違う！　こんな本格的な全身鎧をコスプレで着るはずない！　銀の全身鎧を着る仕事でゴージャスな屋敷。

間違いない！　映画俳優の家に生まれちゃった！　夢のような状況じゃないか！　間違いなく肉体派俳優だ。見たことない顔だけど、きっと戦争映画なんかも出てるぞ！　シュ○ちゃんとかと友達かもしれん！　それかキ○ヌか？　ステ○サムか？　いやスタ○ーンか？　あー！　だから拳銃の弾がお守りなのね！　美人ママがしらばっくれたのは俺が三歳だからだ。ぴーんときちゃった！》

「おかえりなさーい」

《イオナもその格好には違和感がないらしいぞ。やっぱり女優さんなのかもね》

「でもその格好で帰ってきたの？」

《あっ！　だよね！　さすがに恥ずかしいよ！　衣装着てそのまま帰ってきちゃダメダメ！》

すると、父の後ろからも男の声がした。

「そうなんです！　奥方様。グラム様は従者である私の言葉も聞かずにすぐ出てしまわれて」

《従者？　マネージャーじゃなくて？　従者？　奥方様？》

グラムの後ろには若いさわやか系のイケメンの男がいた。

《しかもこいつまでフルプレートメイルだし！》

「そう言うなレナード、俺はとにかく早く帰りたかったんだ。お前ももう帰っていいぞ」

「ハッ！　それでは奥方様もラウル様も穏やかな一日をすごされますよう。失礼いたします！」

そう言うとレナードと呼ばれた男は、さわやかに朝靄（あさもや）に消えていった。

《レナードは俳優仲間？　従者の役かな？　剣下げてたしな…まちがいなく俳優だよな？》

「お城の夜間警備のお仕事大変でいらしたでしょう。鎧をお外ししますのでこちらへ」
イオナがお父さんにねぎらいの声をかけ、奥の部屋に入っていった。
《えっと…お城の夜間警備？　映画のタイトル？　ダサい。まさかエロ系じゃないよな？　そっち系の男優？　うむうむ。ははぁーん。ん？　ちがうか？　お城の警備？　ふむふむ。ぐるぐるぐる》
疑問だらけなので、頭の中で情報を整理してみることにする。
《この家の雰囲気（ふんいき）といい本格的なメイドといい、ロウソクの不思議な火の付け方といい、フルプレートアーマーで剣を持った城の警備の仕事？　そして従者？　俳優というより…本物の騎士だな。いやまさか…でも…ロウソクの付け方は魔法？　家に電気は通ってなさそうだし》
俺は少しずつ答えが見えてきた。
《わかった！　俺を子供だと思ってなめてんな！　もう完全にバレてんのよ！　壮大なドッキリはやめてもらおう。カメラはどこだ？　これ俳優の子供のドッキリ映像だ。俺はただの子供じゃないんだぞ！　動画配信か？　ちょっとイオナのところに行って直接聞こう、優しくネタバラシしてくれるだろう。まさか金持ち設定もドッキリじゃないだろうな？》
そんなことを考えながらも俺は完全にテンパっていた。奥の洗い場に向かおうとドアを開けると、俺は衝撃的なシーンに出くわす。バケツの上でイオナが両手を前に突き出していた。その手と手の間に…水が浮かんでいた。不定形でふわふわと水が空中に浮かんでいるのだ！
「ラウル、どうしたの？」

パシャ。イオナは少し驚いた顔をしながら、桶に水を落とした。
《これ間違いなくドッキリじゃねーな。あれだ…俺も少しは読んだことがある、ラノベのあの世界だ。剣と魔法の世界。おそらく俺は海外の子供に生まれ変わったんじゃない》
俺は無事に異世界転生を果たしたらしい。

異世界だと知り、パニックをおこしながらの朝ごはん。父親のグラムが奥で対面にイオナ、俺はその隣に座らせられ、マリアはグラムの後ろの壁際に立っている。朝食は硬めのパンと、野菜がふんだんに入ったスープと煮魚だった。全体的に不味くはないが味が薄く塩気がない。
《おれが異世界という現実を知って、テンパって味が分からないだけかもしれないが》
グラムの食事にはワインぽいのが添えられており、食器類がどれも高そうでおしゃれだ。
「ラウル！　明日、俺は一日中家にいる予定だぞ。ラウルといっぱい遊んであげられるぞ」
「よかったわねー、ラウル」
「やった！」
《とりあえず三歳らしく喜んでおく。だが昨日の夜、前世の記憶に目覚めてからは俺の精神年齢は三十一歳だ。グラムは俺よりも六か七歳は年下。きっとひとつも楽しくはないだろう》
「何がしたい？　騎士ごっこか？　冒険の話でもしてやろうか？」
《何がしたい？　か…この世界を少しでも知りたいな？　とにかく外を見たい》
「お父さんと散歩がしたいです」

「そうかそうか！　じゃあ母さんも一緒に出かけるとしよう。マリアも同行を頼めるかな？」

　グラムは目尻をものすごく下げてそう言ってくる。俺には激甘の父らしい。

「それでは旦那様。お弁当にはサンドウィッチと、若鶏のソテーなどはいかがでしょう？」

「それがいい！　マリア、適当に用意してくれ！　馬車を出して少し遠出してみよう」

　グラムが更に上機嫌になった。

「かしこまりました。では明日の朝に昼食のご用意をいたします」

　マリアはそう言って、空になったグラムのグラスにワインのような液体をそそぎこんだ。

《ただの散歩のつもりが、ピクニックになるのか？　少しでも異世界が見れるのなら楽しみだ》

　グラムは、酒と朝までのぶっ通しの警備疲れも相まって眠くなったようだ。そのまま寝室に行って寝てしまう。イオナは先ほど水洗いしたフルプレートアーマーの手入れをするそうだ。マリアは食器を片付けて自分の賄いを食べるため台所に行き、俺はリビングに一人残される。特に何もすることがない俺は一人で庭に出てみた。庭に出てみると良く手入れされていて、職人の手のものだろうと思われる剪定された植木が何本もあった。それほど広い庭ではないが色とりどりの花が咲いている。庭の見事さに感動しつつ、俺は裏庭にまわって家の壁を背に座り込んだ。さっきイオナに取ってもらった弾丸をポケットから取り出してじっくりと見てみる。

《これが前世の俺の命を奪ったのか？　まさか一緒に転生されてくるとは、何か理由があるのかね？》

　ただの拳銃の弾丸の弾頭部分だ。いろいろな思いを胸にぎゅっと弾丸をにぎって目を瞑ってみると、ふいに…ふわっとして慌てて目を開けた。
《なんだ？　今の？　ぐらっと…変な感覚だったぞ？》
もう一度握りしめて目を瞑ってみた。また血が巡るような、体が熱くなるような感覚に襲われるが今度はそのまま目を瞑り続けてみる。すると、弾丸の薬莢(やっきょう)部分も含めた全容が暗い意識の中に浮き上がってきた。質感がリアルすぎて、まるですぐそこにあるように見える。

9㎜×19㎜のパラベラム弾、フルメタルジャケット

そこに浮かびあがる弾丸の質感が、あまりにしっかりしていて触れそうな感じがしたので、俺は思わず手を伸ばしてみた。暗い意識の中の弾丸に手が届いた瞬間、確かな感触があった。

ぽとりと土の上に何かが落ちた。

《薬莢つきの9㎜弾！　なんだ？　いきなり弾丸が出てきたぞ！》

反対の手にはイオナに渡された弾丸が握られたまま、地面にはそれとは別の薬莢つきのパラベラム弾が落ちていた。それを慌ててポケットに入れた瞬間、急に眠気が襲ってきた。俺は家の壁にもたれかかり、今起こった出来事の検証をする間もなく眠ってしまった。

目が覚めるとそこはベッドの上だった。どうやら誰かが俺を運んでくれたらしい。起きあがった俺に、マリアが気がついて「イオナ様！」と言って部屋から慌てて出ていってしまう。ど

うやら俺は寝ていたようだ。気を失ったというのが正しいかもしれない。

「ラウル。大丈夫?」

　部屋に入ってきたイオナが言う。

「はい」

　イオナとマリアはとても心配そうだ。しかし後ろに立つグラムが俺に変なことをたずねた。

「ラウル。眠る前に、体の中を何か力が巡るような感じはしなかったか?」

「しました」

　俺は素直に答えた。

「ラウルはそのあと眠ってしまったんだよな? それはおそらく魔力切れの症状に似ている。もしかすると三歳にして魔法に目覚めたのかもしれんぞ!」

「魔力切れですか? 魔法?」

《魔力って魔法使いのあれだよな? ってことは、俺は魔法使い?》

「うむ。魔力は人によって使える量が決まっていてな、なくなると体がだるくなったり、お前みたいに小さい子は気を失ったりするんだ」

「魔力って限りがあるの?」

「そうだ」

「えっと…魔法って誰でも使えるの?」

「魔力のある人間自体が稀(まれ)だ。本来、魔法は理(ことわり)を学び、力の流れや意識の操作ができねば使えない。まあお前にはまだ難しい話だがな。それと魔力は鍛錬したからといって増えるものでもない」

《ん？　俺、理や力の流れなんて学んでないけど？　さっき魔法が使えたってこと？》

「父さんは魔法使えるの？」

「使えん。父さんは気の流れを操作して体を強くすることができるが、魔法とは違う」

《身体強化は魔法じゃないのか？　気って何？　情報量が多すぎて訳が分からない》

「他にも何かあるの？」

「魔法には、水、火、土、風、光、闇、神聖、治癒などの八種類の属性があるんだ。小さな魔法から大きな魔法まであるんだぞ」

「大きな魔法？」

「そうだ。宮廷魔術師様ともなれば大きな火の玉を出したり、魔物を凍らせることもできるんだ。聖女様は怪我や病気をたちまち治すんだぞ。足をなくしたヤツが元に戻してもらったりな」

《体の欠損部分を修復する魔法があるだと！　そりゃすげえぞ！》

「貴方の魔法属性はなんなのかしらね？」

イオナが嬉しそうに言う。

「学んでみればそのうち分かるだろうけどな」

グラムも嬉しそうに言う。

《良く考えてみると…俺は９㎜弾を一発出しただけで眠ったんだっけ？》

ポケットに手を入れるとそこに弾丸がはいっていた。異世界には銃なんてあるかわからんし、これを親に見せるのは何故かためらわれた。転生したのがバレたら良くない気がする。
「僕もなんの魔法が使えるのか楽しみです！　お役に立てればいいのですが」
《俺はもう魔法が使えてるよな？　さっき聞いた中には召喚魔法なんてのはなかったぞ。召喚といってもピストルの弾を出しただけだけど。召喚で呼び出すのって普通は、精霊とか悪魔とか魔獣とかそういうものじゃないの？　弾丸の召喚？　この世界には前世の近代的な銃なんかはなさそうだし、弾だけあってもどうしようもないじゃないか？　これラノベなら、『ピストルの弾を売って日銭を稼ぐ魔法使いのスローライフ』ってタイトルになっちゃう。でも、こんなタイトルじゃ全く売れそうにない》
俺は落胆を悟られないようにニッコリ微笑むと、みんなは俺を見て期待をこめて笑った。

そしてピクニック当日はみごとに晴れた。湖の岸辺に敷物をしき、マリアが手際良く料理の準備をしてくれている。湖畔に近づいて湖面を覗いてみると驚くほど水がきれいだった。

「足をつけてみろ」

優しい顔でグラムは言った。靴下を脱ぎ、そーっと足をつけてみた。

《冷たい！　そりゃまだ春だもん、冷たいよな。ていうかこの国に四季はあるんだろうか？　数ヶ月前の記憶では冬だったのでたぶんあるはず。ただ水が冷たすぎてもう限界だ》

湖から上がるとマリアが足を拭いてくれる。

「本当に気持ちのいい日だわ！」

「出かけたいと言ったラウルのお手柄だな」

《いや、なんでも褒めないでいいんですよ。だめな大人になっちゃいますよ》

　おだやか陽気で爽やかな風がそよぎ、草花の香りが料理の味をさらにひきたてているようだ。

ヒラヒラと蝶が舞い、平和を絵に描いたような家族団欒の絵がここにある。

「父さんはどうして騎士になったんですか？」

「ん？　騎士になった理由か？　俺が王宮騎士になれたのは近衛隊長の目に留まったからさ。

普通フォレスト男爵家の次男なんかにゃ王宮の仕事なんて、ありえないことなんだがな」

「どうやって隊長の目に留まったんですか？」

　グラムは少し考えて言った。

「ラウルは騎士になりたいのか？」

「よく分かんないけど父さんみたいになりたい」

　グラムは嬉しそうな顔をする。

「でも大変だぞ！　俺は男爵家の次男だったが十代の頃は冒険者だったんだ。小さいころから
剣が得意でな、そこそこ強い魔物も倒せた。かなり目立っていたのもあってな、それから徴兵
されて戦でいくつもの功績をあげ隊長の目に留まったんだよ」

《なるほど！　グラムは俺に尊敬されたがってそうだから、キラキラした眼差しを向けてあげ
ることにしよう。若い親父にはもっと頑張ってもらわないといけないし》

「母さんと父さんはどうやって知り合ったの？」

「お母さんはね。王宮主催のパーティーでお父さんに一目惚れしちゃったのよ」

「一目惚れ？」

　意外に大胆な答えが返ってきた。

「はじめはパーティーなんてまったく行く気がなかったの。父に連れられていった王宮のパーティーでは嫌らしい顔をした貴族ばかりに声かけられて、それはそれは嫌だったの。初めてのパーティーだというのにつまらなくてね。嫌気がさして会場の外をうろうろしてたのよ」

「それでどうしたの？」

「そしたら険しい顔で警備をしているお父さんを見つけたのよ。もうビリビリってカミナリが落ちたようだったわ。いてもたってもいられなくて声をかけたのよ。でも私がナスタリア伯爵家だと知って、こう言ったの！　『お嬢様のような美しく高貴な方に私は不釣り合いでございます！　どうかご容赦ください』って！」

「えっ？　それなのにどうやって結婚できたの？」

「お父様の権力を使ったわ」

《マジか…さらりと言ったな。イオナって情熱的なのか…策略家なのか…》

「でもな、ラウル。俺は母さんのことがずっと好きだったんだ。母さんは学生時代から王都ではかなり有名でな、王都魔法学園に女神も霞む美人がいるって言われてた。兵士仲間と学園までこっそり見に行ったりしてたな。初めて母さんを見た時、こんな美人見たことない。一兵卒の俺には一生話をすることもない人だと思っていたんだ、ただずっと忘れることはなかったな」

《わかる。こんな美人、前世では一度も見たことがない》

「父さんの方が先に好きになってたんですね」

「そうだな。まさかふたたび王宮で会っていきなり『お慕い申し上げております！』と言われた時は驚いたよ。それで堅苦しい返事をしてしまったんだ」

「なんとなく恥ずかしいわね。でも私はあなたと生涯を共にできることがうれしいわ」

これだけ堂々とノロケられると清々しいな。メイドのマリアがそばにいるんだけどな。

「マリアとはいつから？」

「マリアは礼儀を学ぶ為にナスタリア家に来てたのよ。キッチンメイドだったんだけど仲がよかったから、お父様にワガママを言って私のお付きにしてもらったのよ」

「私がイオナお嬢様の侍女になれるなんて、商会の次女である私には身に余る光栄でした。嫁がれると聞いた時には寂しくて、メイドを辞めようとも思っていたんです。でもそのまま嫁ぎ先のグラム様のもとへ、私も連れていくと申しつけられた時には嬉しくて涙しました」

《イオナは権力を使ってでも、周りを幸せにしていく人らしい》

料理を食べながら話していると、グラムが『騎士ごっこでもするか？』と誘ってきた。そのへんに落ちていた木の棒をもって二人で向かい合い、俺が声をあげて子供らしく打ち込む。

「それ！　ラウル頑張れ！」

まったくかすらず、本気でブンブン振り回して打ち込んでみる。しばらく続けた俺は息を切らし疲れてきた。グラムが軽くいなすと、カンッ！　棒は簡単に弾き飛ばされて飛んでいった。

「ま、まいりました」

　俺が言うと、グラムが言った。

「凄いぞ、ラウル。よく諦めずに打ち込み続けたな！」

《いや凄くはないでしょ。俺、剣士にむいてる？　むいてないよね？　剣道もしたことないよ》

「あなた、ラウルに技を見せてあげることはできますか？」

「お安い御用だ」

　グラムが少し離れた場所に置いていた剣をとる。軽々と持つが西洋剣のロングソードで重そうだ。グラムはスッと目を閉じた。ただそれだけなのだがいきなりグラムの雰囲気が変わった。もの凄い威圧感が俺の頬を撫で、思わずビビッてイオナに抱きつく。グラムの周りだけ空気が違う。漫画ならゆらめく効果線やオーラが出てるのだろうが、そんなものは当然見えない。正眼の構えを取り、カッと目を見開くと熱気のようなものが叩きつけられてきた。ブォン！　と剣先が消えるようにぶれた。タッ！　次の瞬間グラムは上空にいた。助走なしで五メートルくらい先に降り、着地と同時に上段から剣を振り下ろす。ブワン！　と遅れて音がした。グラムは残心をして息を吐く。さらにグラムは気を溜めているようだ。十メートルほど先にある、大人二人くらいでも抱え込めないような大木に体を向ける。剣を鞘に収め体の重心を低く低くたわませるように沈み込んだ。

「シュ」

　と息を吐いた次の瞬間、グラムは消えた。カカカカン！　居合い抜き？　突き？　一瞬で木の前に現れキツツキのような音を立てた。グラムはこちらを振り向き笑って剣を鞘に仕舞った。

「ラウル、こっちへおいで！」

　走り寄った俺を、グラムが抱き抱えて木の方に向けた。なんと！　大木には穴が空いていた。

「父さん！　木に穴が！　あちら側が見えますよ！」

　素直に感想を述べた。大木に五箇所も穴が空いている。これがあの一瞬で行われたと思うと驚愕だった。こんなぶっとい木に穴を空けるには、レーザーとかウォーターカッターじゃないと無理だろう。俺は目の前で行われた現実ばなれした事実に興奮してきた。

「凄い！　父さん凄いです！　どうやって？」

　グラムは近づいてきて、俺の頭を撫でながら言った。

「これはな、修練を積み重ねることで成せる技さ」

《いやいや、修練を積み重ねても普通の人間にできるものじゃないでしょ！　こんなこと！》

「僕でもできますか？」

　グラムは少し顔を顰めた。

「うーむ。ラウルがここまでくるには並大抵の修練では届かないだろうな。人を捨てねばならんほどの修練が必要だ。俺はラウルにそんな苦しい道を歩ませたくはないのだがな。まあ、お前はお前の好きなことをやれば良い」

《はい、そうします。素直に聞きます。無理はしません。人を捨てるほどの修練は嫌です》
「ありがとうございます。僕は父さんの子で幸せです」
そう言うとグラムは優しく微笑(ほほえ)むだけだった。そこで俺はひとつの疑問を聞いてみた。
「その…父さんより強い人はいますか？」
「ああ、いるぞ」
《うそ！　いるんだ!!　こんな特撮ヒーローみたいなのがほかにも？》
俺は、とんでもない世界に来たのだと悟ったのだった。

ピクニックから家に帰ってきたその日の夜。俺は早々に両親にお休みの挨拶(あいさつ)をして自分の部屋に上がり、すぐにベッドに潜り込む。グラムのあんな技を見たら、もういてもたってもいられない。

《この世界を生き残るためだ！　恐らく一回で魔力切れをおこすだろうから、慎重に枕をセットして毛布が掛かるようにして！　弾丸が転がるかもしれないから、受け止めるようにして！》

俺は意気込んで弾丸を思い浮かべる。リアルな質感の弾丸が暗闇に浮かんでいた。弾丸に手を伸ばして触れてみると、ポトリ！　毛布の上に弾丸が落ちた。

《…あれ？　すぐ眠くならない。なんで？　魔力増えた？　グラムは鍛錬では魔力は増えないと言っていたぞ。もう一発だけやってみよう！　お！　また出た！　そして眠くならない！

やはりグラムとの騎士ごっこが効いてるんだ。いやまて…、そう結論付けるのはまだ早計だ。

体を鍛えたから魔力が増えるのなら、魔力のある人間はみな体を鍛えるだろう》
とりあえず出てきた弾をベッドの下の隙間に隠す。
《マリアに見つかったら絶対びっくりするもんな。だけどこれ、無限に出せちゃうんじゃね？ 朝になったら弾丸に埋もれてたりして。うわー！ 隠すとこなくなったらどうしよう！ やっぱ特別魔力が多く生まれついたとか？ 気がついたらチートでしたみたいな!? えっ！ そういう設定?? あーやっぱ、転生者特有の俺ＴＵＥＥＥってやつかぁ、まいったな》
にやけながら、もう一回！ 目を閉じて弾丸を思い浮かべてみる。ポトリ。俺は気を失った。

そして次の日、俺は武器を召喚してみようと考えていた。再び夜になって自分の部屋に行き布団にもぐる。集中力を高め前世での最後の日を想像した。全てを変えた運命の日…サバゲーの光景が蘇ってきた。もともと俺はミリオタだったはずだ。子供の頃には武器が好きで、確か戦争映画も好きだったはずだ。そうだ戦争映画だ。死ぬほど見た。俺はどうしても観たい戦争映画は映画館に一人で行った。映画館の前にはいろんな映画のポスターが貼ってあった。ひとつの戦争映画のポスターが目に浮かんできた。
《懐かしい！ 小学生で戦争映画にハマってるのなんか、友達の中では俺だけだったけどな》
そのポスターでは主人公がファイティングナイフをにぎっている。

オンタリオ　ＯＫＣ－３Ｓ　ｂａｙｏｎｅｔ

Ｍ16系統自動小銃に着脱できる銃剣だ。すると意識の闇の中に、ファイティングナイフが浮きあがってきた。背景が消え、質感もしっかりしたナイフが、そこに実際にあるように見える。手を伸ばして触れてみるとストンとした感触。

《やった！　成功だ！》

目を開けてみると、足と足の間…股の少し先のベッドに突き立っている軍用ナイフがあった。

《危ねぇぇぇ！　あやうく玉なしになるところだ！》

玉に刺さるところだった。召喚する時は最善の注意を払わねばならない。だが大きな進歩だ。やはり魔力も増えてるし武器も呼び出せる。おそらく魔法は子供の頃の出来事や、精神的に深く刻まれたことに関係しているように思う。魔力の量によって呼び出せるものの質量も増やせそうだ。重要なのがイメージしきれるかどうか。イオナもマリアも水や火を出せるイメージがあるらしいのだが、俺にはそんなイメージなど全くない。人は水や火を出したりできないと思いこんでる。だからこそ純粋な子供の頃の経験が大事なのだ。出せるかもしれない！　と本気で思ったかどうかが起因していると思う。

《まあ、あくまでも俺の仮説だけど》

俺は今まで武器を描いたりデータにしたりしてきた。特に子供の頃は手元に武器があるのを想像したり、魔法で武器が出せたら良いと本気で思っていた。さらに俺の場合は、弾丸も一緒に転生してきたという事実がある。これが非常に重要なポイントになってくる。それは想像ではなく事実だ。その事実は俺の潜在意識に少なからずとも「できる」と思わせるには十分。さらに前世での武器の知識はパソコンにデータベースとして大量にあった。名称、性能、画像とその武器に関する参照URLがひとつひとつ一覧にしてあった。精巧な形を思い浮かべることができた時、その武器が召喚できると考えて間違いなさそうだ。しかも日々、前世を思い出すたび魔力量が上がっているように感じる。おそらく魔力量は知力で増えているのだと思う。ファイティングナイフを呼び出しても余裕だった。

ただ困ったことがある。子供の俺には、武器がデカいということだ。もっと大きな武器を呼び出したいが、隠す場所やその後の処理を考えると安易にはできないのだ。見つかったら間違いなくおかしいと思われるだろう。あとは複雑な構造の銃などの武器が呼び出せるかどうかだが、あまり大きいのは見つかりやすい。ならばどうするか？　いつか召喚できる時のために、前世の記憶を風化させないようにすることだ。武器をデータベースとして紙に残すのだ。

イメージとなる絵　正式名称　その武器の効果　カッコイイポイント

それらを記していくしかない。〝カッコイイポイント〟ってのがすこぶる大事。というわけで紙と書くものが必要だ。まずはイオナに甘えてみよう。おそらくこんな時代だし紙も書く物も高価に違いないが、ダメ元で聞いてみよう。善は急げだ。

「いいわよ。羽根ペンとインク、羊皮紙(ようひし)をあげるわ。好きなだけ描きなさい」

「えっ！　いいんですか？　ありがとうございます」

《いきなりクリア》

「ラウルは何を描くのかな？」

「思いついたことをいろいろ描きたいと思ってます」

「ラウルは有名な画家さんになったりしてね？　作家さんかな？」

「ははは…」

　イオナがマリアに命じ、羽根ペンとインク壺を羊皮紙を分厚い束でくれた。これで書ける。時間がある時になるべく書き進めることにしよう。欲求不満はこの羽根ペンと羊皮紙にぶつけて発散するのだ。俺は部屋に戻りおもむろにペンを走らせてみた。はじめに描くのは召喚した弾丸から次にナイフ。完璧な絵にすることが目的じゃなくイメージができればいい。そして思い浮かべるのは俺を撃ち殺した忘れもしないあの銃だ。はっきりと最後の瞬間が焼き付いている。スローモーションで手元が見える。次の瞬間、背景が暗闇になりその銃が浮かび上がった。血がたぎるような目眩のような感覚。間違いなく魔力が回っていて、しかも激しく大きい波で弾丸の時とはまるで違う。しかし俺はその浮かびあがった拳銃には手を触れることはしない。隠しておけないし言い訳が立たない。とにかく俺の命を奪った銃をマジマジと眺める。

　ザウエル&ゾーン　P320　ハンドガン

　自動拳銃。9㎜×19㎜のパラベラム弾なら、17発装塡可能。焦茶色のボディがカッコ良すぎる！　セクシーであるとさえ言える！　モジュラー式の拳銃でグリップを交換でき、グリップを交換することで手の小さな女性でも扱うことができる。思わず手が伸びそうになるが、

「いかんいかん」

俺は手を引っ込める。その詳細とイラストを描いて、次の銃のデータも書き始める。

ベレッタ92　ハンドガン

長きにわたり米軍で使われていた拳銃だ。これも羊皮紙に記していく。

マグナムリサーチ＆ＩＭＩ　デザートイーグル　ハンドガン

３５７口径、41口径、44口径、50口径で、３５７マグナム弾や41マグナム弾44マグナム弾50ＡＥ弾が装塡できる。さまざまな映画に登場し、花形ともいうべき最強の自動拳銃だ。装塡弾数は少ないが有り余る破壊力はロマンでしかない。デザートイーグルを描いた後も拳銃を描き続け、いつの間にか外が暗くなっていた。どれもこれもつい手を伸ばしそうになる。そしてサバゲーの主役といえばアサルトライフル。俺が最初に買ったのはＭ16だった。

アーマライト　Ｍ16Ａ１　アサルトライフル

このエアガンから俺のサバゲーライフが始まった。テレビのニュースでよく見たのが印象的で惚れ込んで買ったものだった。20発から30発のマガジンを装填でき、毎分９００発の速度で弾が打ち出される。そして次に描くアサルトライフルといったら定番中の定番のあれ！

カラシニコフ　AK‐47　アサルトライフル

これも名機だ…世界で最も多く使われた軍用銃としてギネスにも認定されていたはずだ。続けて武器をとめどなく書き記していく。このマニアックな趣味が、この世界での俺の人生を大きく変えることになるとこの時は全く気がつかなかった。コンコン！　とドアがノックされた。

「旦那様がお戻りになられました」

「はい」

俺は描いた羊皮紙をベッドの布団の下に潜り込ませ、急いでリビングに行くとグラムがいた。

「父さん、おかえりなさい」

「ラウル！　いい子にしてたか？」

「はい！」

心なしかグラムは疲れているようだった。

「皆に話がある。食事でもとりながら話をしよう。マリアも聞いてくれ」

食事の用意ができ皆が席について食べ始めると、グラムが話し始めた。

「我々家族が王都に来て一年になる。ラウルには難しい話かもしれないが聞いてくれ」

「はい」

「ユークリット王国はいま厳しい情勢にある。南のバルギウス帝国の軍事力が強大になり、貿易がかなり不利な条件で行われている。大きな関税がかけられ自国の負担となっているのだ」

《ふむふむ。こちらの世界でも国同士の軋轢があるということか》

「北のラシュタル王国やシュラーデン王国などの我が国の属国は、我がユークリット王国頼りだ。我が国がバルギウス帝国との国交を間違えば、この二国もさらに厳しい情勢になるだろう。東のファートリア神聖国とは友好的な関係を結べているが、やはりバルギウス帝国との関係で厳しい立場にある。我が国との連合の話も出ているようだが、話が進まずにいるようだ。またバルギウス帝国に不穏な動きがあり、さらに軍備を増強しているという話だ。まあ戦争だけが目的とも限らんのだがな。西の山脈裾野に広がる樹海付近の村に魔物が出没しているとも聞く」

俺は思わず聞いてみた。

「その魔物が出没している樹海付近の村というのは大丈夫なんですか？」

グラムはしかめ面で言う。そのことに対しなんらかの感情を含んでいるようだ。

「甚大ではないが、老人や子供にも被害が及ぶこともあるそうだ…」

食卓が、しん…と静かになる。グラムが続けて言う。

「だから俺が王都に呼ばれたんだ。騎士団長のもとで補佐をしながら、軍の増強や整備の手伝いを申しつかっている。まあ呼ばれた本当の理由は西に魔物が出て、冒険者の知識が必要になったのが大きいだろう。冒険者に聞けば良いのだろうが、貴族も含む兵士を指導する上で貴族の冒険者あがりの軍人で、騎士になった俺みたいなやつのほうが都合が良かったのだろうな」

《微妙な立場の管理職じゃないか》

「軍組織の再編と王城警備の体制や人員配置も目処(めど)がついた。騎士に安全な魔物の討伐(とうばつ)の仕方も教えてある。辺境の領軍に対して、戦い方の指導が終われば俺の役目はいったん終わる」

「あなた、あまりご無理をなさらぬよう。ご自愛ください」

「まだしばらくは休めんが、どうということはない。とにかく、もう間もなくだ！」

「はい」

「かしこまりました」

イオナとマリアが返事をしたので、俺も返事をしとく。

「ラウルはもうすぐ四歳の男だ、母さんとマリアを頼むぞ」

《幼児の俺にできることはほとんどないが、まかせとけ！》

「はい！」

グラムは目を細めて笑った。

「あなた、あと十日ほどでラウルも四歳ですわ」

「そうか！　では落ち着いたら一緒にお祝いをしよう」

「楽しみね、ラウル」

「はい！」

「そういえばあなた。ラウルが何かを描き出したそうなんです」

《ん？》

「おおラウル！　父さんがいない間に絵でも描き始めたのか？」

《おいおい！　ヤバい。あれを見られるわけにはいかない。説明がつかないぞ！　どうする？》

「あなた、私もまだ見せてもらってないのよ。ラウルは何を描いているの？」

《焦るな。普通の三歳だ。子供の描くものなんて限られている》

「父さんの絵を描いています」

「なに！　俺の絵か！　見てみたいな！」

《ヤベ！　墓穴掘った！　えっと》

「あの、描き始めたばかりでできていません。すみません」

「わかった！　出来上がりが楽しみだな！」

俺はグラムにまた頭を撫(な)でられた。とにかく乗り切った！

……その日の夜。俺は適当にグラムの似顔絵を数枚描いた後、黙々と武器のデータを羊皮紙に書いていた。世紀末の暴走〇のように、「ヒャッハー」と言いながら、武器のデータを書きなぐる。右手が走る。産業用ロボットのように延々と武器を書き続ける。すると不思議なことに気がついた。羊皮紙に記した武器が頭の中でまるでアプリの画面みたいに見えてきた。

《なんか指でスクロールできそうだな》

すっと手を伸ばした。するすると画面が動き出す。
《ん？　これは？　イメージじゃないぞ。実際にデータに触れている。イメージが実現化した？　３ＤＣＧが浮かび上がっている感じだ。いや画面の暗闇に武器が浮いてるがＣＧではなくリアルな質感を感じる。ＳＦ映画で見たことあるぞ！　空中に出てきた画面を手で操作するってやつ》
最初に描いたＰ３２０を思い浮かべてみると、Ｐ３２０の画面が呼び起こされる。指で横にスクロールしてみると、フルサイズ、コンパクト、サブコンパクトとサイズ毎に出てきた。
《凄いぞ！》
俺は興奮して思わず、Ｐ３２０のサブコンパクトに触れてしまった。ゴトリ!!
《わっ、やっちまった!!　間違えて出しちまった！　どうしよう！》
目の前に落ちたＰ３２０を見て呆然とした。でも…カッコいい…グリップを握ってみるが小さい手では引き金にとどかない。弾倉は空だった。俺はそーっとクローゼットに急いだ。弾丸を取り出してＰ３２０の弾倉に装塡してみる。間違いなくピッタリだった。
《うう、撃ちたい。空き缶でもいいから撃ちたい。早く成長しろ！　俺！》
仕方なく再び拳銃をクローゼットの隠し場所に置いた。
《こりゃ凄い。複雑な武器も問題なく出せる！　魔力も問題ない！　興奮して眠るどころじゃないぞ。今日は残業だな。栄養ドリンクがほしいな》
俺はその後もひたすら武器を描き続けた。描き続けながら、ふと食料を呼び出せないものか試してみたくなった。軍の戦闘糧食、通称ミリメシだ。いろんな国の軍隊のミリメシを食ったが、とりわけ自衛隊のが一番うまかった。何度も入手して食ったので形状も品名も覚えている。早速思い浮かべて絵に描いてみる。想像どおりイメージに出てきた。背景は暗く質感もリアルだ。脳内データベースも確認してみる。
《成功だ。データにある！　これで兵糧攻めにあったとしても戦い続けることができそうだ。兵糧攻めにあうかは知らんけど。長期戦を戦うには食糧がなければ負けるからな！　ヘトヘトになるほどブラック労働を強いられているグラムには、これをもたせてあげたい…》
父思いの俺は、レトルトの袋、缶詰類、乾パン袋…記憶の限り書き足していくのだった。

武器の呼び出しシステムが脳内にあることに気がついた俺は、殊更それにのめり込んだ。生前の俺のパソコンにある武器を全部呼び出してやろう！　という野心が出てきた。武器のデータを書くため俺は引きこもりになってしまった。すでに六日か七日くらいご飯とトイレ以外の時間は、部屋にこもって描き続けている。そんなある日、朝食の後でイオナに言われた。

「ラウルはそんなに絵が好きなのかなぁ？」

「はい！　好きです！」

「好きは分かるんだけど…ちょっと臭いわよ、あなた」

《えっ！　マジか？　全く気にしてなかった。引きこもるとこんなふうになっちゃうんだな…》

「すみません」

「それではラウル様、湯浴みすることにいたしましょう」

　マリアが風呂の準備をしに行った。

「ラウルも身だしなみに気をつけなければだめよ。不潔だと女の子に嫌われますよ」

「はあ」

《いや違うぞ、イオナ！　…童貞だったのはわざとなんだ！　サバゲーばかりやっていて女の子に縁がなかっただけだ。サバゲーという戦場に命をかける男だったのだ。それどころじゃないから風呂なんてどうでもよかっただけだ！》

　イオナに言われてもないことを心の中で言い訳する。言っててなんか…虚（むな）しくなってきた。

「とにかくお風呂入ってきちゃいなさい！」

　ママにお小言（こごと）を言われた！　しばらくすると、マリアが迎えに来る。

「それではラウル様、お風呂の準備ができました」

「ありがとうございます」

　俺は風呂場の脱衣所で服を脱ぎ始めた。マリアが脱ぐのを手伝ってくれる。いつもはタライに水をはってイオナかマリアが体を拭いてくれていたのだが、初めてのお風呂にドキドキだ。

　俺が裸になり一人で入ろうとすると、マリアに声をかけられた。

「ラウル様は中でお待ちください」

《ん？　痒（かゆ）いし早く洗いたいんだけど、とりあえず石鹸（せっけん）はどこだ？》

　と中を物色していると、カラカラカラと後ろのドアが開いた。

「マリア、石鹸はど…こす…か…」

マリアは薄い布を一枚胸から垂らして入ってきた。全裸状態で！

「はい、もちろん全て準備してまいりましたよ！」

《まてまてまて！　え！　一緒に入るの？　確かマリアって十七歳の女子だよな！》

俺は思わず後ろを向いた。十七歳の裸の美少女が後ろにいる。

《いやいや、童貞の俺にそんな耐性はない！　そうか、俺は三歳だもんな！　一人で風呂は入らんか…当然予想されたはずなのに何をびびっているんだ。俺はサバゲーでは一目置かれていたんだ、余裕だよ余裕。童貞だったとはいえ、十七のガキんちょになど何も思わん！　はずだ！》

なんて考えていたら、頭の上からザブーンとお湯をかけられた。マリアは石鹸を手にとって泡立て、俺の頭の上にのせてワシワシした。

「痒いところはありますか？」

なんか美容師さんのようなことを聞かれる。

「もう少してっぺんの方を、耳の上あたりも…」

マリアは丁度痒いところを洗ってくれた。スッキリさせてもらい、ザブーンとお湯をかけられる。『ふうー』とおっさんのような、ため息をついてしまった。実際中身はおっさんだが。

次にマリアは石鹸を布に擦り付けて泡立て、背中を優しく洗ってくれる。

《ああ…三十一歳の心の汚れが落とされていくようだ。ただ先程から気になるのが、背中にた

まに何かがサワサワ触れてくるものがある。これはなんだ！　何があたっているんだ！》
なんて考えていると…いきなりマリアが前に回ってきた。俺はつい言葉を失った。マリアはものすごく機嫌が良さそうな顔でウキウキしながら体を洗ってくれている。しかし先ほど前にかけていた布は、俺の体を洗うのに使っているため隠すものがない。
《で、デカイ。本当に十七歳なのだろうか？》
うわわわわ。焦った俺は目線を下げてしまうがもっと見てはいけない物がそこにあった。
《みみ、み、見えてますよよ…。いえ！　おまわりさん。僕にそういう趣味はないんです。これは犯罪じゃないんです。俺は三十一歳じゃなくて三歳なんです》
テンパりが頂点に達した俺に、その時が来てしまった。ピコン！　俺が極めて冷静を保って、反応しないようにしていた秘密兵器がツノを出していらっしゃる。
《痛たたたた！　秘密兵器が痛い！　と、とにかく冷静を保て！》
マリアはまだ気がついていないのか、腋の下を洗ってくれている！　そして足元の方に下りていった時、目線が一瞬ピクッと止まったように感じた。しかしそのまま足元まで洗ってくれた。そしてお湯をかけてくれる。特に何事もなかったように俺を抱っこした。
《ああ…見られてる…》
「失礼します」
トプンと湯舟に浸からせて、そのあとは桶で肩にお湯をかけてくれた。チラチラ見てしまう。
《恥ずかしい！　まったくリラックスできない！　くつろげない！》

ところがその気持ちを見透かしたように、マリアは俺の頭を撫(な)でて微笑(ほほえ)むだけだった。

数日後。リビングに行くと、見知らぬ白髪白ヒゲ丸眼鏡(まるめがね)の好々爺(こうこうや)がいた。

「ラウルかい？　こんにちは」

「こんにちは」

じいさんがニッコリ笑って挨拶(あいさつ)をしてくれる。

「こちらはサウエル・モーリス先生よ」

「ラウルです」

「賢い子じゃのう。これからよろしくお願いするのじゃ」

《これからよろしく⁇　どういうこと？》

「お父様からお願いして来ていただいた、あなたの先生よ」

「もう魔法学校を辞めて久しいからのう。ろくなことは教えられんかもしれんがのう」

「いえ！　何卒(なにとぞ)よろしくお願いします！」

《家庭教師だ！　マジでありがたい！　しかも超ベテラン！》

「長いこと生徒をもたんかったから、普通なら断るところじゃが…なによりグラムの息子とあれば、断りようがないわい」

「私の学生時代の校長先生でもあるのよ。モーリス先生は賢者様ですから、ラウルが聞きたいことも知っているかもしれないわね」

「おお、まだ小さいのに学びの心があるのか、感心感心」

　するとモーリス先生は少し訝しそうな顔をして、俺をまじまじと見た。

「良く顔をみせておくれ…」

　しばらく俺の顔をじっと見つめて、

「ラウルは凄いのう、四歳とは思えない…かなりの器を感じるが…なんじゃ、これは？」

《ん？　なんなの？　何があるの？》

「不思議な魔力の流れだのう。理路整然としていながら…乱れがあるというか…一部分だけ賢者で半分は赤ん坊のような…いや魔獣のような暗い部分があるようじゃ」

「えっと、それはどういうことですか？」

「賢者と魔族がどちらも中にいる感じじゃの」

《どゆこと？》

　俺は一気に不安になるのであった。

　その日から俺はモーリス先生に学ぶことになった。まずは午前に文字を、午後に歴史や魔法の理について教わる。前世でいうところの国語と算数と理科という感じだ。四歳に合わせていてまったく難しくはなかった。むしろ俺の呑み込みが良すぎて、モーリス先生が驚いている。

「やはりカエルの子はカエルかの、イオナ譲りの呑み込みの良さじゃの」

「先生の話が分かりやすいのです」

「どんどん吸収するもんじゃから、つい四歳ということを忘れてどんどん進めてしまうわい」

「分からない時は分からないと言います。気にせず続けていただけますと助かります」

「まったく大人のような賢い子じゃな、熱い教師の血がたぎるわい」

《モーリス先生は嬉しそうだし、俺も貪欲に知識を吸収しようと思う》

それから一カ月ほどモーリス先生の授業を受けていた。ある日モーリス先生が帰った後、隠していたハンドガンを眺めようとクローゼットを開ける。俺は血の気がひいた…ない！　Ｐ３２０ハンドガンがどこにもない！　そこには俺と一緒に転生してきた、弾頭がひとつあるだけ。

「なんで？」

思わず声をあげてしまった…心拍数があがる。

《えーっ！　武器ないんだけど。マリアが掃除の時に気がついた？　分かりにくい場所に隠してたはずだぞ！　と、とりあえず明日の朝マリアに聞くしかない》

次の日の朝、早速リビングに行くとイオナがいた。花瓶に水を注いでいるところだった。

「あの！　マリアはどこですか？」

「どうしたの？　あわてて。マリアならキッチンにいるわよ」

「ありがとうございます」

俺はすぐ隣のキッチンに向かった。マリアはオーブンで何かを焼いていた。

「マリア、おはようございます」

「おはようございます」

「あの…マリア…」

「なんでしょうか？」

「最近なにか気づいたことはありませんか？」

「気づいたことですか？」

「こう…なにか…小さい…なんていうか…あの小さくて硬くて…」

《するとマリアが、ハハァーンという顔をした。やっぱりだ！　やっぱり知っている！　でも何も言ってこないところをみると、マリアは秘密にしてくれているのかもしれない》

「あの、もしかして秘密にしてくれているんですか？」

「もちろんですよ、ラウル様。隠したいことくらい分かります。男の子なら誰でもあると聞いています。だからお気になさることはございませんよ」

《男の子には誰でも？　召喚魔法が？》

「いえ、僕だけ特別だと思うんです。そんな人が、そうそういるとは思えません」

「なるほど。ラウル様は戸惑っておいでなのですね。可愛らしく思います」

とびきりの笑顔で言われた。

《何？　なにそれ！　余裕すぎるでしょ！　武器だよ!?　あんな物騒なものないよ！》

「マリアには僕の気持ちが分からないのです！」

少し声を荒げてしまった。するとマリアが俺をぎゅっと抱きしめてきた。

「何も心配はいりません。男の子は体を撫でられると大きくなってしまうものなのです」

それはそれは優しい、天使のような優しい声で囁いた。

《えっ？》

俺の顔が赤くなるのが分かる。マリアが言っているのは、毎回お風呂に入れてもらうたびにツノを出してしまう、マイリトルモンスターのことだった。

《マリアよ…優しい気遣いをありがとう。童貞は傷つきやすいからね、そういう気遣いは大事だよ。うん…そして今は物騒じゃないけど将来物騒になるよ…うん。あとね…体を擦られるからツノを出すんじゃないんだよ。全ては君の体が悪いんだよ。悪いのは俺じゃない》

「分かってもらえたらいいんだ…母さんには内緒にしていてください」

「わかりました。二人の秘密ですね」

マリアが満面の笑顔で指きりげんまんしてくれた。

《話を本題に戻そう…とにかく武器がないのだ。気をとりなおしてイオナに聞きにいこう》

「母さん。あの…その…最近なにか変わったことはないですか？　なんか変なものを見たとか」

「なに？　ラウル、オバケでも見たの？」

「い、いえ！　いいんです。なんでもありません」

《イオナでもないらしい…どこいった？　俺の武器が消えてしまった》

そのあと俺はうろうろしながら待っていた。そう！　モーリス先生が来るのをだ。

「そんなにそわそわしちゃって、よっぽどお勉強が楽しいのね」

「はい…まあ…そうですね」

カンカン！　来た！　ダダダーと猛スピードで玄関に向かいドアを開けた。

「おお！　元気がええのう。おはよう」

「おはようございます！　先生！　ささ、こちらへどうぞ！」

「やる気があっていいことじゃ」

するとすこし遅れてマリアが来た。

「おはようございます、先生。お帽子とマントをお預かりいたします」

「すまんのう」

「先生、どうぞ奥へ！」

「なんじゃラウル、随分と急いておるのう」

「い、いえ、そんなことは…」

「分かった分かった、急ぐとしようかの」

とにかくリビングにお連れする。イオナがリビングの入り口を出てくるところだった。

「こら！　ラウル！　先生をそんなに急がせるものではありませんよ！」

イオナに怒られてしまったが、モーリス先生は穏やかにいう。

「イオナよ、わしゃ気にしとりやせんよ。ふぉふぉふぉ」

俺の部屋に入るとまもなくマリアが来て、お茶を入れて部屋を出ていった。

「先生、今日もよろしくお願いします！」

「やる気十分じゃのう！」

授業が始まって早々、早速聞いてみることにする。

「あの…先生。聞きたいことがあります」

「なんじゃ？」

「魔法を使うと、どのぐらい効果があるものなのですか？」

「お！　魔法の勉強から始めるのかの！　魔力がどのぐらい持続するということでよいかの？」

「はい」

「まず自然魔法から話そうかの。水と火は魔力が途切れれば自然に乾いたり、燃えるものがなくなれば消えるのぅ。風と光と闇も同じようなものじゃ、魔力を止めれば消える」

「ずっと続くものはないのですか？」

「うむ。魔法で作り出されたものは永続的なものはないのじゃ。水は飲めば体を潤すことができる。火は体を温めることもできるし焼くこともできる。風も闇も光も、飛ばしたり目眩ししたりできるのじゃが、魔法で生み出されたそのものは消える運命にあるのじゃよ」

「では、土魔法や回復魔法はどうなるんですか？」

「いい質問じゃな。それらはまた少し違った意味をもつのじゃ」

「違った意味ですか？」

「回復魔法で治された部位は再び損傷しなければ、そのまま保ち続けるのぅ。効果は一瞬じゃが火魔法で燃やされたものが戻らないように、逆に生えた腕も消えることはないんじゃよ」

「ならば土魔法はどうなるのでしょうか？」

「土魔法は石礫を飛ばすこともできるし、膨大な魔力を持つ者ならば、テントがわりに岩のかまくらを作ることもできるのじゃ。一日二日で崩れて消えてしまうがの」

《なるほど。構造物の継続には魔力が関係しているってことか。ということは恐らく俺の武器も、効果がきれて消えてしまったと考えられるだろうな》

「なにかを呼び出すような魔法はありますか？」

　俺は召喚魔法について聞いてみることにした。

「あるにはある」

「あるんですか？」

「禁術じゃがの、それも魔法の一種じゃ」

「禁術ですか？　それはどんなものなのですか？」

「何人もの魔術師が大量の魔力を使い、生贄（いけにえ）を用意して悪魔や精霊などを呼ぶものじゃ」

「いけにえ…ですか…」

「そうじゃな、じゃがそれは人がやってよい魔法ではない」

　やはりあった。召喚魔法…しかし俺が思っていたものより恐ろしいものだった。

「禁術として封印されたわけですね？」

「そうじゃな。呼び出された恐ろしい悪魔が、国を滅ぼしたような御伽噺（おとぎばなし）もあるが、真相は不明じゃ。むろんそんな魔法ないほうがいいわい」

　俺は生贄も何人もの魔術師をも用意せず、武器を召喚することができている。禁術とされている召喚術のそれとは違うものなのかもしれない。

今日の授業が終わりモーリス先生が帰ったあとで、まじまじと召喚した弾丸を見つめた。
《ってことは、俺の武器の有効期限はいつなんだ？》
それから俺は魔力の効力を調べる実験をすることにした。弾丸を呼び出してから消滅するまでの毎日、正の字を書きながら確認していくことにしたのだった。すると…結局弾丸が消滅するまではきっかり三十日かかった。
弾丸を出した三十日後の呼び出した時間あたりで、手品のようにスッと手の平から弾が消えてなくなったのである。次の日の弾丸はその次の日に消えた。ほかのものでも結果は三十日後で同じだった。三十日限定の武器ということがわかった。

ある日のモーリス先生の授業中、外がにわかに騒がしくなった。

「帰ったぞ！」

グラムの声がする。どうやら帰ってきたようだ。皆でエントランスに向かった。

「これは！　モーリス様！　お元気そうで何よりです！」

「グラムも息災(そくさい)のようじゃな。フォフォフォフォフォ」

「ところでモーリス様！　ラウルはどんな感じでしょうか？」

「うむ、まさに神童というやつじゃろな。勉学の呑み込みが素晴らしいのひとことじゃ！」

「宮廷の文官にもなれるでしょうか？」

「楽にな。まさに天才じゃよ」

「ラウル、よかったな。やはり俺の思ったとおりおまえは天才だった」

グラムが凄くよろこんでいる。

「はい」

いい親父だ。

「ところでグラムよ、西の地はどうじゃったかの？」

モーリスが話を変える。

「はい。樹海が騒がしく、村には魔獣が降りてきているようです。被害にあった地区はギルドにも要請し、冒険者を集め領軍の兵と連携をとり収束に向かっております」

「それはよかったの。冒険者どもの懐も潤うじゃろうて」

「まったくです。しかし何故あんなに山や森がざわついていたのかが不可解でしたが」

「森が騒いでおるのか…、被害は我がユークリットだけかの？」

「調査を行うとのことでしたが」

「宮廷はなんと？」

「いずれにせよ魔獣討伐は順調です。私は下がってよいと。あとは西の領主たちに任せて自領に帰って統治するようにとのことでした」

「また、勝手な言い草よの」

「いえ、モーリス様。私めには過分な大役でしたから」

「まったく、グラムは欲のない男よのぅ。ふぉっふぉっふぉっ」

「モーリス様に言われたくありませんぞ」

「わしゃ欲だらけじゃて！　ふぉっふぉっふぉっ」

《なるほど、この二人は良い師弟関係のようなものなのかな？　信頼関係の強さが見える》

「と、いうわけでイオナよ。ラウルを連れて俺達の領地、サナリアに帰るぞ！」

「本当ですか⁉　うれしい！　王都は息が詰まっておりましたの！」

「おまえには苦労をかけた。さっそく出立の準備にとりかかるとしよう」

「すでに領には書簡をしたためて届けさせております」

「イオナは相変わらず手際がいいな。モーリス様におかれましてもラウルを導いてくださって、なんとお礼を申し上げてよいか！」

「気にするものではないわ。それにしても良かったのう、ラウルよ。サナリアは良いところじゃぞ！　思いきり遊ぶことができるぞい！　また学びたくなればワシのもとへ来たらよいのじゃ」

「先生から学んだことは、サナリアでも反復して勉強します」

「そうじゃな」

《うーむ？　先生から学べなくなるのか…でも人生経験も大事っていってたし、違う土地には是非行ってみたい。もしかすると他の魔法が使えるようになるかもしれんしな》

それから数ヵ月後。フォレスト一家はサナリアに帰ってきた。まず驚いたのは住居となるフォレスト領主の屋敷の大きさだった。執事もいるしメイドもたくさんいた。代官のジヌアスが財務長として税の管理や会計の仕事もやっているらしい。ジヌアスは田舎（いなか）のオッサンといった感じだが、実はまだ若いらしく三十代後半だとか。執事のスティーブンがメイドや使用人達を取り仕切っている。口ヒゲがいかにもテンプレといった感じで好感がもてる。そしてさらに驚いたことがあった。使用人の中に亜人と呼ばれる種族がいたのだ。亜人は一般的に奴隷（どれい）として扱うのだそうだがグラムは平等に扱うらしい。やっぱりグラムは人道的に優れた人物だ。

コンコン！　部屋がノックされた。

「はい」

ドアを開けて入ってきたのは獣人のファミルだ。ケモミミだ。短い耳とふっさふさの尻尾（しっぽ）が生えている。タレ目が印象的でメイド服とのアンバランス感がいい！

「シーツの交換にまいりました」

「ありがとうございます」

シーツを替える作業をするたびに、揺れる尻尾を見て触ってみたい衝動に駆られる。

「あのー」

「はい。なんでしょう、坊ちゃま」

「しっぽの服のとこはどうなってんですか？」

「はい。小さく穴が空（あ）いてそこから出しております」

「穴が？　スースーしないんですか？」

「いえ、しっぽのおかげで暖かいですよ」

ジーっと見てしまう。

「見ますか?」

「いいんですか?」

「はい」

《本当だ。服に穴が空いて、お尻の上あたりに尻尾が生えてる。特注のメイド服なのかな?》

「こんなメイド服があるんですね?」

「いえ、普通は貴族の家に獣人のメイドなんていません。グラム様イオナ様が特別なのです」

「ファミルの故郷には獣人しかいないのですか?」

「ええ、そうです。あの…ラウル様は獣人はお嫌ではないのですか?」

「まったく! むしろ可愛いと思います」

「か、可愛い…。本当にフォレスト家の皆様は変わっていらっしゃいます」

ファミルはニコニコして尻尾をふりながら出ていった。

《俺は基本平和ボケの日本人、平等主義者のグラムに好感を持ってるくらいだよ》

そして俺はサナリアに来てからも武器データベース構築に勤しむ。すでに銃、ライフル、機関銃、ガトリング、バズーカ、火炎放射器、手榴弾、地雷、ミサイル、戦闘車両、航空機、船舶まで網羅している。これは俺が生涯をかけた趣味なのでやめるわけにはいかない。

コンコン! 再びドアがノックされた。

「失礼いたします」

　次に部屋を訪れたのはマリアだった。この世界で俺のことを一番理解してくれている女性だ。俺はマリアにあることを打ち明けようと思い、部屋に呼んでいたのだった。

「すみません。来ていただいて」

「夕方に、とのことでしたので…いかがなさいました？」

「実はマリアに折り入って話があるのです」

「はい」

「もしかしたら凄く驚いて怖がるかもしれません」

「私がラウル様にそのような感情を抱くとは思えませんが？」

「じゃあ」

　俺はマリアの前で武器召喚を行うことにしたのだ。流石（さすが）にもう隠し通すことなどできず、俺がひとり胸の中に秘めておくことも辛（つら）くなってきていたからだ。ゴトリ！　とミリメシを召喚した。

「！」

　やはりマリアが驚いているようだが無理もない。

「驚かせてごめんね。実は…」

「ラウル様！　やっと打ち明けてくださろうと思ったのですね！」

「はあ？」

「なかなか言い出してくださらないから困っておりました」

「えっ？」

「えっ？　私が知らないとでも思っていたのですか？」

「はい」

「とっくの昔に知っておりました」

「そうなんですか！」

「誰にも言っておりませんが、何度か見てしまったことがございますので」

そんなことならもっと早くにうちあけておくべきだった！　でもそれなら話が早い。

「あの。屋敷に物を隠すところってありますかね？」

「地下室がございます。あそこなら箱が置いてあっても誰も開けないと思います」

「ありがとうございます。あとこれなんですが…」

「これはいったいなんです？」

「これは缶詰といいます」

「缶詰？」

「食べ物です」

「食べ物？　鉄の塊（かたまり）に見えますが…」

「中に食べ物が入ってます。今度外で食べたいのですが、スプーンを二本用意してください」

「分かりました、ご用意しましょう。あと困ったことはございませんか？」

「このあたりに、目立たない森や人目につかない空き地がないか知りたいです」

「ではイオナ様には明日、ラウル様の領内の案内の提案をいたしましょう」

「ありがとうございます」

「分かりました。とにかく困ったことや辛い事があれば、すぐに私にお話しください」


そして次の日の朝からマリアと一緒に出かけることとなった。すれ違う人に挨拶(あいさつ)をしながら、マリアと郊外に向かう。二時間ほど歩き続けると森が現れた。

「ラウル様。ここなら民家もないですし滅多(めった)に人も来ません」

「魔物はいないんですか？」

「ファングラビットぐらいです。私の火で追い払うことができますから大丈夫です」

「それでは行きましょう」

俺とマリアは森に入った。木もまばらに生えており日光も差しこむ明るい森だった。

「マリア、あの昨日頼んだものを持ってきてくれましたか？」

「はい、こちらです」

マリアはカバンからスプーン二本を取り出した。缶詰の蓋(ふた)をあけて、俺が先に食べてみる。

《ん、美味(うま)い！　飯だ！　ごはんだ！　味飯だ！》

「マリアもどうぞ」

マリアもスプーンで一口食べた。

「えっ！　え！　え？」

「どうですか？」

「とてもおいしいです！　この粒々と…食べたことがない味です！」

「炊き込みご飯といいます」

俺達は二人で炊き込みご飯を無心になって食べた。食べ終わって俺はマリアの側に座る。

「じゃあ始めますか？」

「何をですか？」

「射撃の練習です」

「射撃の練習とは？　何をするんですか？」

「まあ、見ていてください」

食べ終わって空になった缶を、離れた石の上に置いた。俺は家から持ってきたP320サブコンパクトを両手でかまえる。手が小さくてギリギリだが、なんとかグリップを握って引き金に指をそえた。意識を集中させる。パンッ！　カィン！　缶を跳ね飛ばすことができた。感覚は鈍っていないようだ。

「えっ！　なんです？　どうなったんですか？」

「はい。マリアにもできますのでお教えします」

俺はそう言って缶を十メートルほど離れた場所に置く。そしてマリアに銃を渡した。

「まずは右手でここをこう握ってください。そして姿勢は右肩を少し落として、こことここの

でっぱりを覗(のぞ)いて缶にあわせてください。よく狙って引き金を引いてください」

マリアはじっと缶を睨(にら)んで集中した。息を呑(の)んで引き金をひく。パン！　当たらないうえに、びっくりして銃を落としていた。

「あの？　何も起きませんでした」

「当たらなかっただけです」

俺はもう一度マリアに銃を握らせた。

「集中してみてください」

「はい」

また構え直させ、マリアの腕の位置や姿勢などを修正し引き金をひいた。パン！　カィン！

「凄(すご)い！」

マリアは、命中して飛んだ缶を見て叫んだ。

「あの！　ラウル様！　もう一回やってもいいでしょうか？」

「どうぞどうぞ！　いくらでも！」

《わかる！　やっぱ楽しいよね！》

「じゃあ二回連続で撃ってみてください」

「はい」

パンパン！　また当たらなかった…

「あの…」

「ええ、ええ。いいですよ！　でも待ってください」

　マリアから銃を受け取って、マガジンを取り出し弾を詰め込む。

「はい、どうぞ」

　マリアはまた銃を構え姿勢をなおす。パンパン！　カィン！

「当たった！」

「マリア、感触はどうですか？」

「楽しいです」

「ですよね！」

《この目…完全にハマってる人の目だ！》

　それからしばらくは二人で射撃練習をしていたが、俺はマリアにやってほしいことがあった。

「あの。マリア、ちょっといいですか？」

「なんでしょう？」

「銃を撃つ時、魔力を込めることはできますか？」

「魔力をですか？　よく分かりませんがやってみます」

　マリアはまた構えなおした。そして撃つ瞬間に手元がボゥと光る。バシュウッ！　射出音が違った。射線がぶれて缶の下にあったスイカくらいの石に当たると、石が粉々に飛び散った。

「マリアっ…すごいで…」

　俺が振り向いた時、マリアは崩れ落ちるところだった。パタリと倒れてしまった。

《魔力切れだ！　まずい！　ここは比較的安全な森の中とはいえ小さな魔獣もいる！》

とにかくマリアをひきずって木にもたれかけさせた。服のひもを少し緩めリラックスできる状態にする。三時間くらいは目が覚めないだろうし、起きてもだるくてまともに動けまい。とにかく俺が守らねばならない。俺は警戒しながらマリアから目を離さない。

《しかし…さっきのはなんだ？》

マリアが魔力をこめたら尋常じゃないくらい威力が上がった。ホローポイント弾に替えたわけじゃないし、普通のフルメタルジャケットだ。それなのに岩がスイカみたいに破裂したのだ。ホローポイントにしたところで９㎜で岩が割れることはない。さらにマリアは一発で魔力切れをおこした。異世界の武器がかなりの魔力を消費することは間違いない。

「魔力射撃…しばらくは封印だな…」

その後三時間ほど、眠るマリアを護衛していた。その緊張感で疲れてきたがここで気を抜くわけにはいかない。すると不意に一匹のファングラビットが突然現れた！　パンパン！

《よし！　仕留めた！》

すると後ろから声がかけられた。

「ラウル様？」

「マリア！　気がつきましたか？」

「私は魔力切れをおこしたのですね。守らねばならない立場だというのに申し訳ありません」

「いえ、僕が知らずに無理を言ったからです」

「そんなことは…ありません」

「いえ僕のせいです。でもほら！　ファングラビットを倒しましたよ！」

「ラウル様…必死に守ってくださったんですね」

「はい、必死でした！」

「ありがとうございます。ラウル様は命の恩人です」

「マリア、立てそうですか？」

「はい、なんとかなりそうです」

少しフラフラしながらも二人で森を出た。ショルダーバッグには装塡済みの銃が二丁入っているため、なかなかの重さがある。俺たちはゆっくり家に向かって歩き始めたのだった。


森での秘密射撃訓練を始めてからすでに三年がたった。あれからマリアも病みつきになったようで、休みの日には必ず魔獣を狩りに行くことになった。俺とマリアの森遊びは屋敷の噂にもなったが、かまわず二人はファングラビットを追って走り回り続けた。今日も一日森で狩りをして家に帰ると、お客さんが来ていた。応接室では王宮の使者二人とグラムが話をしている。イオナとジヌアス、スティーブンも同席していた。王宮からの使者が早馬で来たらしい。

「まずはグラム殿、こちらを」

王宮の使者が書簡を渡す。

「はっ！」

書簡には王家の紋章の封蝋がしてあった。封を開けて読んだグラムの顔が見る間に曇っていく。

「これはまことなのでしょうか？」

「はい、かなり急を要します」

「なぜもっと早くに！」

「それが…ファートリア神聖国が、早々にバルギウス帝国に寝返ってしまいました」

「ファートリア神聖国が…信じられないが事実なのでしょう。我が軍がこれほど脆いとは」

王宮の使者二人が顔を見合わせて、グラムに向き直り鬼気迫る表情になる。

「信じられないかもしれませんが、人間に与する魔獣が大量に現れたのです」

「そんな…魔獣が人に与するなどありえません」

「我々はこの目で見たのです。人を背に乗せたレッドベアーやグレートボアがいたのです」

「巨大な魔獣が人間を乗せて？」

「はい…」

「にわかには信じられませんが、数はどのくらい？」

「進行が早すぎて定かではありませんが、数千頭はいたかと…」

「数千頭？　まさか！　そんなばかな！」

「魔獣の上にまたがる騎士や魔法使いが、我が国の軍を蹴散らすように蹂躙しました」

「敵はあとどれくらいで王都に到着しますか？」

「今はナスタリア伯爵家の軍が西でくいとめてはおりますが、月の満ち欠けが六度もあれば」

「九十日か…ならば我がサナリア軍も急ぎ馳せ参じましょう！」

「素早い対応に感謝します！　我々は早馬で隣の領に発ちますゆえ。これにて！」

「お気をつけて！」

「グラム殿も！」

王宮の使者二人はすぐに出ていった。

「グラム様！　すぐさま領内の兵士に召集をかけます。屋敷の者をすべて走らせましょう！」

「たのむ、ジヌアス。皆には家族との時間をとらせ、それぞれ心の準備をさせよ！　俺はスティーブンと行軍の準備についてとりまとめ領民に準備を急がせよう。早急に町長と打ち合わせをし、数日中に領民に対しての説明をおこなう！」

ジヌアスとスティーブンが慌てて部屋を飛び出していった。

「陛下…私がつくまでどうかご無事で…」

グラムは部屋を出てすぐに俺を呼んだ。血相を変えたグラムにただ事ではない気配を感じる。

「ラウル！　聞いてくれ」

「はい！」

「この国で戦争が起きた、俺も出撃せねばならん」

「えっ！」

「母さんのお腹の中にはおまえの弟妹がいるんだ。母さんをよろしくたのむぞ！」

「あの…父さん！　どうか無事でいてください！」

《俺に弟妹ができるんだとか。そんな幸せな状況だというのに大変なことになった》

「お父様はあなたに未来を自由に選べと言いましたが、こうなった以上はあなたは次期サナリアの領主です。領民を守る義務があります。母と一緒にサナリアを支えねばなりません」

「はい、母さん」

「貴族の子として重責がのしかかるでしょう。私の身に何かあるかもしれません。これからは森遊びをやめ、やるべきことをやり、覚えるべきを覚え、備えなければなりません。幼いラウルには厳しいことでしょう。しかしあなたには特別な何かがあると信じています」

「はい、期待に応えられるよう頑張ります」

「では常に私に付き従いなさい。しばらくは何をしているのか見ているだけでかまいません」

「分かりました」

　それからイオナは屋敷内の者に声をかけていった。これからの心構えや励ましの言葉をかけながら不安にならなくても良いと、皆の心のフォローをしていくのだった。


　サナリア軍出兵の日。二千人の兵隊がサナリアの広場に集められた。こうして見ると凄い迫力だ。俺とイオナは仮設の演説台の脇に控え、グラムが壇上に立つ。

「我々は今日これから戦に赴かねばならない！　我が国民が蹂躙され暴力に晒されているのを助けに行くのだ！　正義は我々にある！　バルギウス帝国と寝返ったファートリア神聖国が連

合を組んだことにより、戦況は必ずしもいいとは言えない！　しかし我々は一方的に蹂躙されるのを許していいのだろうか？　愛する者たちを奪われていいのだろうか？　私は皆の命を預かる身であるが、愛する者を奪われたくはない！　皆も同じ気持ちであろう！　我々には必ず神の加護がある。王都を守り全ての敵を追い払うまで帰ってはこられないかもしれない。だがあえて言わせてくれ！　ひとりも欠けることなく帰ってこよう。このサナリアの地を踏むまでは絶対に諦めるな！　必ずそれを成し遂げ帰ってくるのだ！」

「「「オオオオ！」」」

割れんばかりの歓声が上がった。

「進め！」

軍団長が号令をかけ軍隊が街の外に向かい進んでいく。グラムが俺たちの所までやってきた。

「イオナ、ラウル！　お前たちを愛している！　イオナは体を大切に。ラウル！　母さんを頼むぞ」

「いってらっしゃいませ。どうかご無事で」

「父さん！　必ず帰ってきてください！」

「おう！」

グラムは騎乗して軍の先頭で走り去っていった。

《グラムは大丈夫だ、あんなに強いのだ！　魔獣を一刀両断できるチートなのだ。間違いなく戦況をひっくり返して戻ってくるだろう》

バルギウス帝国とファートリア神聖国の連合軍。バルギウス帝国単体でも我が国の倍の戦力になる、それに寝返ったファートリア神聖国。敵の戦力はユークリット王国の何倍にもなる。

しかしグラムは超人だ！　必ず帰ってくる。無事に帰ることを祈るしかない。

サナリア領軍が王都の防衛に出向いてから七十日、戦地からはなんの音沙汰もなかった。状況から考えると、すでにサナリア領軍も戦場にいるはずだがどうなっているのだろう。イオナは毎日忙しく領内の町長たちと面談し、代官ジヌアスと執事スティーブンに相談しながら領の運営について話をしていた。俺はただイオナから隣にいろと言われ話を聞いているだけだったが、とにかくどこにでもついていった。そんなある日のこと。皆で昼食を食べていた時だった。

ヒヒーン!!　急に外が騒がしくなりマリアが真っ青な顔で部屋に飛び込んできた。

「奥様！　ハアハア…奥様はやく！　門まで！」

俺たちが外に出ると門のそばには馬がいて、たくさんの使用人が集まっていた。

「どうしました!?」

イオナが走り寄ると、そこにはボロ布に身を包んだ人が倒れていた。体を半身だけ起こし悲壮感の漂う顔でイオナを見つけ手を伸ばした。

「…イ…イオナ様…申し訳ござい…ません…」

そこにいたのは変わり果てた姿のレナードだった。左腕は上腕からなくなりイケメンだった顔は右目から下に切り裂かれ、左目だけが虚ろにイオナを捉えていた。ボロ布の隙間から血がしたたりおちた跡がある。あまりにもの光景に俺は吐きそうになってしまった。

「レナード!! どうしてこんな…どうしました!? 皆は…」

イオナが叫び、全員が声をひそめて聞いていた。

「サナリア領軍全滅です…申し訳ござ…いません」

レナードは今にも生き絶えそうに、途切れ途切れに言った。

「そんな…いくらなんでも…あなた一人? とにかく早く屋内へ! 手当てを!」

イオナが周りに声をかけ、スティーブンやメイドが動き出した時だった。

「まってください!」

レナードがイオナの袖をつかみ、振り絞るように言った。

「な…」

イオナは覚悟を決めたようなレナードの目に息を呑んだ。

「もはや時間がないのです。やつらはまもなく…ここに来ます…私は追われてきたのです…」

「やつら?」

「敵軍です」

「もうこんなところまで? グ…グラムは? あの人は?」

「討ち死になされました」

「そんな…」

イオナは絶句した。

「王家も皆殺しに! 各領軍…降伏したの…ですが…有無を言わさず処刑がはじまりました」

「なんと…酷いことを」

「グラム様は…サナリア領軍の下級の兵を救っていただくよう…嘆願いたしました…」

「そ、それで？」

イオナは声を振り絞るように聞いた。

「その場で首を落とされました！」

「そ、そんな…」

「それからサナリア領軍二千の兵は皆殺しに…誰も逃げ延びられなかった…」

レナードは泣いていた。いやここにいる全員がむせび泣いている。俺も号泣していた。

《くっそ！　あんなに強い親父がそんな簡単に死ぬわけないだろ！》

「何故お主は戻ってこれたのじゃ？」

ジヌアスが聞いた。

「はい…グラム様が投降する前…私にこれを託されました。ラウル様に必ず渡すようにと…。それを持って、先にサナリアに戻れと…。ですが私はそこに残りグラム様を助け出す機会を窺っていたのです。しかし私は皆が処刑されるのをただ遠くから見ていただけでした…」

レナードは血の涙を流し、唇が嚙み切れてイケメンの面影はなく凄惨な表情をしていた。

「ラウル様…これを…ラウル様だけが読むようにと…」

「はい、僕にですか？」

それはグラムのサインが入った書簡だった。

「確かに、渡しましたよ」

「とにかく医務室へ！　回復魔法が使える者を教会から…」

ジヌアスが叫んだ時だった。

「いえジヌアス様…私はもう助かりません。そんなことより、とにかく今すぐ領民に逃げるよう通達してください。そして皆さんもいますぐお逃げください…私はゴフッ‼」

レナードは大量に血を吐いた。

「レナード！」

イオナは鬼気迫る顔でレナードの手を握り、レナードの思いを感じ取ったのだった。

「イオナ様…グラム様の首を残しおめおめと帰ってきたことをお許しください。そして、イオナ様とラウル様は必ず生き延びて…それがあの方からの…最後の…」

レナードの目から光が失われた。

「レナード！　レナード！」

イオナはレナードを抱き起こした。だがレナードはもう動かなかった。

「レナード…あの人の願いを聞いてくれてありがとう…」

イオナは泣きながら、そっとレナードの目を閉じた。それから遺体となったレナードを医務室に運び込み、屋敷の人たちをホールに集めた。急にイオナの雰囲気が変わった。

「みなさん！　今日でフォレスト家は解体します！　みな家族のもとへお逃げなさい。残虐無慈悲な敵が我々を見逃しはしません！　余裕はありません。脱兎の如く着の身着のまま逃げるのです」

「そんな…領を棄てるなど…馬鹿な！　そんな…」

代官のジヌアスがうろたえている。

「いえジヌアス。これは人にできる所業ではないわ！　一刻を争います。民を生かすのです！

これはあの人の最後の意志です。領主の最後の願いです。ひとりでも多くの民を助けましょう」

イオナは鬼気迫る顔で涙を流しながら、ジヌアスを諭す。

「分かりました…それでは皆！　それぞれの家に帰る準備ができ次第すぐに逃げるのだ！　イオナ様！　私はすぐに早馬で町長がたのもとに走り伝えます」

ジヌアスも腹をくくったようだ。しかし、この現状を見ていない領民は信じることはできないかもしれない。自分の身を自分で守れと言われても兵士はどうした？　と思うだろう。全滅したなど聞いてもすぐに理解できはしない。すぐそこまで敵が来ているといっても、あとどのくらいの猶予があるのか分からない。家財一式を捨てて出られる民がどれだけいるだろうか？

「お願いしますジヌアス！　理解できない人もいるでしょうが、できるだけ浸透させるしかありません。私とジヌアスで町長や商会長に伝えましょう。他の者はすぐにお逃げなさい」

マリアが聞いた。

「イオナ様！　ギルドに助けは？」

「いいえ、相手は我が国を蹂躙した帝国と連合軍の兵隊。いかにギルドが中立の世界的組織とはいえ、相手にはできないでしょう。護衛すらしてくれるかどうかわかりません」

イオナが答えた。マリアはもう何も言うことができなかった。

「では、みな無事を祈ります。行きなさい！」

「イオナ様。嫌です！　私は最後までお側にいます。石にかじりついても一緒におります」

長く仕えているメイドのセルマが言った。

「私も離れたくはありません！　それが命令でも従いません」

「私も！　嫌です！」

「私もおそばに！」

マリア以下のメイドたちがイオナに縋りつく。

「みんな…」

イオナが目頭を押さえる。

「でも私には皆を守ることができません」

「「いえ！　私たちがお守りするんです！」」

「でも…」

イオナが躊躇する。するとジヌアスが言う。

「イオナ様…貴女はこのサナリアの希望なのです！　生き延びてください！　お前たち！　イオナ様とラウル様を命をかけてお守りしておくれ。お前たちだけが頼りだ！」

「「はい！」」

ジヌアスがメイドに命じるのを聞いて、イオナは嗚咽を堪えることが出来なかった。

「し、しかし領民をおいてはいけません…」

イオナが苦しい声で言うと、ジヌアスが言った。

「我々サナリア領民は貴女が大好きでした。皆が貴女を太陽と崇め、あなたの姿を見るだけで幸せでした。愛する貴女を救いたい、私たちの最後の我儘と思い、聞き届けてはくれませぬか？」

メイドの皆が声を合わせて言う。

「イオナ様、行きましょう」

マリアが言った。

「マリア…」

「さあ…」

「母さん、生き延びましょう。そして僕は必ず我が領を滅ぼしたやつらに鉄槌をくだします。これほどの非道な行いをしたやつらを！　僕の大切な人たちを殺したやつらに後悔させてやります！」

今日、俺は世界を相手に戦うことを心に決めた。

絶対に許さない。

第二話　苛烈逃亡

国家滅亡――

《普通は敗戦しても、最悪三分の一は帰ってくるだろ！　皆殺し？　国ごと滅ぶ？　あまりにもデスモードすぎる。あの強くて家族思いのグラムが無慈悲に殺されるなんて…涙が止まらない》

そしてすぐに軍隊が攻めてくるらしい。俺は自分の部屋で出立の準備をしていた。

「くっそ！　グラム！　領兵のみんな！　必ず恨み晴らしてやるからな」

俺は部屋でショルダーバッグにＰ３２０とベレッタ92、レナードに託されたグラムの書簡を詰め込んで医務室へと走る。医務室ではイオナとメイドたちが祈りを捧げていた。グラムの願いを果たしたレナードの亡骸は心なしか笑みを浮かべているようにも見えた。

「では、皆さん参りましょう！」

イオナが声をかけて外に出る。外はもう真っ暗で夜の九時は回っていた。馬三頭にそれぞれ騎乗する。イオナと俺ともうひとりのメイドが一頭に、マリアとセルマが一頭に、ミーシャと二人目のメイドが組になってそれぞれ馬にまたがった。敷地内を出ると領民の避難が始まっており北に向かう者たちがいた。街道には荷台をひく者や着の身着のままの者、商人の馬車も出来るだけ多くの人数を乗せて進んでいる。悲壮感漂う顔で俯いてぞろぞろと歩いている。

「徹底抗戦だ！」

　武器を持ち集う若者たちがいた。

「母さん、あれは…」

　イオナを見上げるが口を堅く結んで黙って前を見据えていた。先の道にも延々と避難民の行列が続いている。街を抜け畑地に入っても先には避難民がいた。しかしさきほどの若者のような血気盛んな者もいる。自分の故郷を捨てるなど決心がつくわけはない…

「あの二人のおかげで助かる命がこれだけあるのです。ラウルよく見ておきなさい。この人たちの生きる希望を見いだすために、皆の苦しみの表情を心に焼き付けなさい」

　三十一歳だった俺は、平和な日本でサバイバルゲームに没頭していた正直平和ボケ人間だ。自分が難民になるなんて思ってもみなかった。こんなに苦しく絶望的で救いがないものだと身をもって知った。世界のどこにも居場所がない人たちの気持ちとはこんなにも凄まじいものだった。

「本来、私は彼らと共に残らねばなりませんでした。救われた命を無駄にはできません。この命をどう使うのか？　なんのために生きているのか？　誰のために生き続けるのか？　自分に常に問いかけながら生きるのです。それが私たちに課された生涯の責務です」

《やはりイオナは素晴らしい人物だ》

「母さん、僕は何があっても母さんとお腹にいる弟妹を守りたい」

俺が言うと、イオナが俺を抱く手に力をこめた。

「そうね、必ず生き延びましょう」

馬に乗って一時間ほどでサナリア領の境界線まで来た。領の境は石碑があるだけで王都のように城壁があるわけでもない。避難民もまばらになってきたようだ。

「ここからは人間以外の生き物がいる地帯に入ります。みなさん短剣を携えて！　周囲への注意を怠らないように」

「「はい！」」

そうして小高い丘を登りさらに三十分が過ぎた時、ふとイオナが馬を止め後ろを振り返った。つられて皆が来た道を振りかえる。すると…衝撃的な光景が目に飛び込んできた。

「そんな…」

サナリアの街が燃えていた。あちこちから炎があがっている…俺たちは本当に間一髪で脱出できたのだ。しばし全員が呆然とした。マリアたちがむせび泣いている。

「急ぎましょう」

イオナは先を急ぐように促した。皆泣きながらも馬を進める。領主の館がもぬけの殻では当然追手を差し向けてくるだろう。サナリア領にどれほどの敵が来たのかもわからないが、とにかくサナリアには兵士がいない。自警団ではとうてい防ぎきれるものではないだろう。

丘の頂上には深い森があり、街道というには厳しいものだった。馬も二人以上乗っている為それほど早くは進まない。本来ならばこんな深夜に森に入るのは無謀だ。止まれば追手が来るかもしれないがこの森は危険すぎる。俺はイオナに進言した。

「母さん。深夜の森で危険な魔物に遭遇したら大変です！」

「ラウルぼっちゃまの言う通りです、奥様。森の手前で明るくなるのを待ちませんか？」

セルマも助言してくれた。行くも戻るも地獄だが暗闇の森を進むことなどできなかった。

「そうですね。西にも東にも道はありますから、追手がすぐにこちらにくるとは限りません。様子を見るために森の前で待機しましょう」

イオナがうながすと全員が賛成し、馬を降り皆で地べたに座り込む。

「このままでは凍えますし魔物が出没するかもしれません。火を焚きませんか？」

マリアが提案し皆で薪を拾って集めた。マリアが火魔法を使い薪に火を付ける。火の光に照らされた顔はみな憔悴しきっていた。夜の森は危険すぎるため、その恐怖が皆をさらに追い込んでいる。だが俺には今の状況を打開できそうな策があった。

「あの…母さん…ちょっといいですか？」

「なんです？」

「大軍と戦うのは厳しいですが、逃げるだけなら有効な手段があります」

イオナが何を言い始めたの？　と心配そうな顔で俺を見る。マリアだけが気づいていた。

「どういうこと？」

「はい、母さん。いままで言ってなかったのですが…実は僕は攻撃に特化した魔法が使えます」

「魔法が？　そうなの？　でも…一度も…」

「僕の使える魔法は普通じゃないんです」

「普通じゃない？」

「その魔法でこの状況を打開できると思うのです。マリア、協力お願いできますか？」

「分かりました、ラウル様」

「あなたも知っているのですか？」

「はい、存じ上げております」

マリアは俺に言っていいのか？　という感じに目配せをしてきたので、俺はうなずいた。

「ラウル様の魔法は武器を出すものです」

「武器？　武具を出すような感じですか？」

「武具とは少し違います。見ていただければ分かると思います」

俺は早速バッグの中からP320ハンドガンを取り出した。

「母さん、これが武器です」

「えっと？　ラウル？　これが武器？　鈍器じゃない？　これではネズミを潰すのが精いっぱいよ？」

「まあ見ていてください」

俺は離れたところに石を重ね薪をおいて戻る。

「あの薪を見ていてください」

俺はP320を構えた。パン！　ボグ！　薪は木片を飛び散らせながら爆ぜた。

「「「！！！！」」」

皆が驚いて言葉を失っている。

「どうなっているの？　これが魔法？」

「いえ正確には魔法ではありません。これは銃という武器の威力です」

「じゅう？」

「はい、そうです」

「ラウルだけが使えるのかしら？」

「いいえ、誰にでも使えます」

イオナとメイドたちが呆然としている。そりゃいきなり近代兵器を出されても分かるわけがない。

「あの、マリア。両手射撃を見せてもらってもいいですか？」

「はい、分かりました」

マリアにP320とベレッタ92を渡す。俺はさっき作った石の上にまた薪を、そしてもう一ヶ所に石を積み上げその上にも薪をおいた。マリアは二丁の銃を構える。パン！　ボス！　ボス！　銃声は一回だったが左右から弾が放たれていた。二つの薪はさきほどと同じように爆ぜる。

「すごい！」

「母さん。これは、誰でも使えるものです。命中させるためには訓練がいりますが、魔法が使える人なら命中させるのがたやすくなります。マリアは魔法を使って命中させています」

「なら、私にも使えるということなのかしら？」

「はい、もちろんです。ただ注意が必要です。魔力を込めすぎると破壊力は増しますが、魔力が枯渇してしまいます。すぐに気絶してしまうので慣れるまでは慎重に使う必要があります」

「でも、二つしかないのでは足りないわ？」

《そう言うと思ったよ、イオナ》

「いえ、僕はその武器を無から召喚できるんです」

「え？　召喚？」

「はい。これだけではなく、違う武器も出せるんです」

「違う武器？」

　イオナもメイドたちも目を白黒させて聞いていた。

「では召喚します」

　俺は手を前に出して魔法を使うように構えた。本当は必要ないんだけど、皆の目線を集める為だけだったりする。目の前に現れたのは、M16アサルトライフルだった。

「これがあなたの魔法…」

「はい、僕はこういう武器を出すことが出来るんです」

「こんな魔法は魔法学校でも見たことがないわ」

《モーリス先生も召喚魔法は生贄が必要だとか言ってたしな》

武器の説明をしている時、丘を登ってくる馬の蹄の音が聞こえた！　皆が慌てて馬に走った。

「みな急いで！」

マリアは咄嗟にP３２０とベレッタ92を走ってくる馬の集団に向けた。

「おい！　そんなところで止まっているな！　逃げろ！」

と馬に乗った男が叫んだ！　馬は三頭。どうやら味方のようだ。

「森の奥に進むんだ！　敵だ！　敵が来るぞ！」

男たちの馬は森の中へ消えていく。俺たちは男たちが登ってきた丘のふもとを見た、かなり遠いが松明の光がポツリポツリと見えている。

「母さん！」

「とにかく森の中へ！」

全員が焚火から火のついた薪を拾い上げ、イオナが水魔法で焚火を消す。馬に乗り森の中を走った。森の中は暗くてあまり先が見えず、薪の灯りだけが頼りだった。しばらく走ると前方のほうから先ほど走り去った男たちの声が聞こえ、騒がしく立ち回っているようだった。

《どうしたんだ？》

松明の明かりで薄っすら見えるが、男たちは馬上で剣を抜き、何かと戦っているようだった。すぐそばの地面に馬車の残骸と死んだ馬、人がそこら中に転がっていて手足や頭がないように見える。灯りで浮かび上がったそこには、ゾッとするようなものがいた。六メートル…いや七メートル近い巨大な影がある。一人が馬を走らせ逃げようとした時！　バッ！　男の頭がなくなった。

「だめだ、逃げられない！　ひき返そう！」

「やつらが追ってきてるんだぞ！」

大きな影はそんな躊躇を見逃さなかった。一人の男がバグゥという音とともに吹き飛んで、木に激突し動かなくなった。

「くそ！」

最後の男が剣をかまえるが、巨大な影は男を上から叩きつける。ベギュッ！　という音とともに男は静かになった。その大きな影はかがみこむようにうずくまる。バギィガリボリジャブゥガギ。それは人を食っていた。そのあまりの光景に、メイドの一人が思わず叫んでしまった。

「キャアアアアア」

大きな影は叫んだメイドに走り寄り、次の瞬間！　馬の首とメイドの首が同時に飛んだ…

「きゃあぁぁぁ」

手綱を握っていたミーシャが馬から落ちた。たまたま身を縮こませたため助かったらしい。松明の光に照らされたそれの姿を見たセルマが叫んだ！

「レッドベアーだよ！　逃げなきゃやられる！」

声につられレッドベアーがバックハンドで爪をふるった。すると、セルマがドガッという音とともにぶっとび木に激突して動かなくなった。紙一重で爪が当たらなかったマリアが馬を飛び降り、振り返ってレッドベアーにＰ３２０とベレッタ92の引き金を引く。パンパンパンパン！　ギャガァァァ！　レッドベアーが一瞬ひるんだ隙に、マリアはミーシャのところに駆け寄る。

「馬の上では弾が込められません。母さん！　俺を降ろしてください！」

イオナと俺が慌てて馬を降りたが、興奮した馬は一人のメイドを乗せたまま走り去る。レッドベアーがマリアとミーシャに迫っていた。俺は寝そべってM16の銃口をそいつに向けた。

「マリア！　伏せて！」

パラララ！　M16アサルトライフルの乾いた音が響いた。グギャアォオア！　叫びながらそいつはこちらを振り向き、今度は俺に向かって突進してきた。マリアが後ろから二丁拳銃でレッドベアーの頭を撃つ！　すると叫びながらマリアの方を振り向いた。俺がレッドベアーの後頭部を狙い撃った。交互からはさまれるようにして銃撃を浴びせられたレッドベアーは、蜂でも振り払うようにして、いきなり森の中に走り去っていった。

「ラウル！」

「しっ！」

「…」

「どうやらやつは逃げたようです」

俺はイオナにそう告げると、すぐにマリアとミーシャのもとに向かった。

「マリア、ミーシャ、大丈夫ですか？」

「「はい」」

「他の二人は」

俺が駆け寄る。セルマは手足をあり得ない方向に曲げて、ダンプに轢かれたような状態だった。

「オエエエエ」

俺は不覚にも吐いてしまった。もう一人も頭を飛ばされ、体をぐちゃぐちゃにして死んでいた。

「そんな…」

マリアが絶句した。ミーシャはもう声すらあげられないようだった。

「とにかく、またあれが戻ってくるかもしれません。すぐに動きましょう」

イオナに促され、暗闇の中を先へ歩き出した。

「マリア、光が欲しいのでお願いします」

マリアが火を灯すと少しだけ前が見えた。前の方から先ほど逃げた馬がゆっくり戻ってくる。

「馬だ！　おい！　大丈夫だったか？」

だが…馬上のメイドはすでに上半身がなくなっていた。

「ヒッ！」

ミーシャが声を上げた。下半身だけになったメイドをイオナとマリアが馬から降ろす。二人はもう血だらけになっていて、美しい顔も血まみれとなり凄惨な光景だった。俺たちは最後の一頭になった馬を引いてとにかく歩いた。イオナ、マリア、ミーシャがフラフラしている。恐怖に耐えながらしばらく歩き続けると、道の向こうに月の光に照らされた街道が見えた！

「月の灯りが見えます！　もうすぐで森を抜けられるわ！」

イオナが皆を励ました。あと数十メートルで森の出口。こんな地獄からは一刻も早く抜け出さねば精神が持たない。わずかな希望に向けて重い足を引きずって歩く。だが…どうやらそれすらも許されないようだ。俺たちが来た森の奥から人の声と獣の唸り声が聞こえてきたのだ。

「ここから先にも蹄の跡があるぞ！」

「イオナ様！　追手です！」

みな必死に走り出した！　とにかく追いつかれたら殺されてしまう！　とにかく必死だった。

「おい貴様ら！　とまれ！」

声のする方を振り向くと、そいつらは五メートルもあろうかというイノシシに乗っていた。

「あれはグレートボア」

ミーシャがつぶやいた。なんと騎士がグレートボアにまたがっているのだ！

《こんな軍隊が襲ってきたら、人間の兵士なんてひとたまりもないじゃないか！》

ユークリット王国が滅びた理由が分かった。俺たちは敵兵を無視して逃げ始める。グレートボアに乗る斧を持った男が、勢いそのままに斧を振りまわしてきた。マリアが振り向いて男に向かって、二丁拳銃を撃った。パンパンパンパンパンパンパンパン！

「ぐあっ!!」

騎士は斧を振り落として、ボアの上でうずくまった。

《よし！　プレートメイルは９㎜弾でも十分貫通する！》

騎士がやられてもグレートボアの勢いは止まらなかった。マリアは轢かれる前に横に飛びのく。俺は街道脇の草むらに寝そべった、イオナが俺の前に立ちはだかって守ってくれている。

「ラウル！　走りなさい！　あなたは逃げなさい！　あなただけでも！」

イオナが絶叫している。俺はそれを無視して、寝そべったままグレートボアの目のあたりを狙いＭ16を連射した。パラララ！　グギャァァァ！　弾がグレートボアの眼球に直撃し、体を大きくゆさぶり暴れはじめる。乗っていた騎士たちはグレートボアから振り落とされたが、絶望的なことに森の奥からさらに二匹のグレートボアが走ってきた。上には二人ずつフルプレートメイルを着た騎士を乗せている。

《俺たちはここで死ぬのか？》

武器の説明なんかしている暇はないが、イオナにやってもらうしかない！

「母さん！　これを肩に担いでください！」

俺は急いでＡＴ４対戦車ロケットランチャーを召喚する。イオナは訳も分からずそれを肩に担いだ。その間にも二匹のグレートボアが近づいてくる。俺は無我夢中だった。

「母さん、ここをこう！　そうです！　そしてこの筒を、前を走るグレートボアに向けてかまえてください。反動がきますがこらえてください！」

手を添えながら早口で教えた。

3 AIM

「ええ、えっと」

イオナは何がなんだか分からず、言われるがまま俺の指示を実行した。俺は慌てながらも安全ピンを抜きコッキングレバーを引く。ミーシャが近くでうろたえている。

「僕が合図をしたら敵に向けて、このでっぱりを押してください!! 後ろから反動を抑える噴射がでます! 気をつけて!! 相手をひきつけて!! ミーシャ! 後ろに立たないで!」

矢継ぎ早に指示を出す。二匹のグレートボアが森から月の光の下に出てきた!

「押して!」

俺が叫ぶとイオナは言うとおりにした。バシュゥ——ズバーン!! ロケットランチャーは、先頭のグレートボアの首のあたりに命中した! 爆音とともにグレートボアは肉と血をまき散らして派手に吹っ飛ぶ! 前にまたがっていた騎士も爆発に巻き込まれて四散し、後ろの騎士は派手に空中を舞って地面に叩きつけられていた。さらに後ろを走っていた二匹目のグレートボアが、前のボアに巻き込まれて前のめりに転がる。乗っていた二人も前方に勢いよく飛び出し、俺たちの目の前あたりに落ちてきた、一人目の騎士は意識が飛んだのか体に力が入っていないようだ。もう一人は落下したところにグレートボアが転がってきて潰された。

《そんなのにまたがってるからこんなことになるんだ! ざまあみさらせ!》

先頭のグレートボアは死んだようでピクリとも動かない。イオナもミーシャも、あまりのことに呆然としていた。片目を撃ち抜かれたグレートボアと転がったグレートボアが、爆発に驚いて森の中に走り去ってしまった。最初に振り落とされた兵士がうめき声を上げて立ち上がろうとする。

「死になさい!!」

マリアが叫びながら撃った！　パン！　騎士は眉間(みけん)に穴をあけて仰向(あおむ)けに倒れ、静寂が訪れた。

「母さん、大丈夫ですか?」

イオナはガランっと音をさせ空(から)になったAT4を落とした。

「ラウル…」

「ロケットランチャーといいます」

イオナはへたり込んだまま動かない。

「イオナ様！　お怪我(けが)でもなさいましたか！」

マリアが聞いてもイオナは呆然としていた。ミーシャも似たようなものだった…彼女はアンバランスなほど大きい人形のような目を恐怖にゆがめていた。

「マリア。銃を貸してください」

やはりマリアの銃には弾がなかった。運良くギリギリ弾を使い切ったようだ。俺はP320とベレッタ92をフル装塡(そうてん)してマリアに渡した。イオナとミーシャはまだ呆然としている。

「母さん、まだ追手が来るかもしれません。ミーシャは動けますか?」

ミーシャはガタガタ震えて目の前の惨劇(さんげき)を見つめていた。

「ミーシャ！　しっかりしなさい！　私たちにはイオナ様とラウル様を守る使命があるのよ！」

マリアに怒鳴られ、ミーシャは体を震わせる。そしてすぐマリアにしがみついて泣いた。

「うぇうぇ…ヒックヒック…」

ミーシャが泣いていると後ろから物音が聞こえた。どうやら兵士の一人が生きていたようだった。そばの剣を拾いあげ近づいてくる。

「よくもやってくれたなぁ…殺してやる！」

するとイオナが、俺を守るように前に立って叫んだ。

「私はサナリア領主グラムの妻、イオナ・フォレストである！　それを知っての狼藉か！　下郎が！　恥を知れ！」

「ん？　お前が？　たしかに女神も霞むほどの美人だなぁ…捕らえろと言われたのも分かるぜ！」

男は物凄く下卑た笑いを浮かべ、イオナを下から上に舐め回すように見た。

「下品な！　騎士の風上にもおけない！」

「よく言うぜ！　強力な魔法で俺の仲間たちをぐちゃぐちゃにしやがって！」

「バルギウスの兵士か？」

「そうだったらなんだってんだ？　さっきの強力な魔法を撃ってみろよ！　詠唱に時間がかかる極大魔法だろ？　そう簡単にはできないはずだ！　その前に皆殺しにしてやるぜ！」

そう言いながらも魔法を警戒しているのか、ジリジリと近づいてくる。

「おまえ本当に美人だなあ。女子供を殺したあとで、じーっくりと可愛がってから連れていってもバチは当たんねえなあ、まずは邪魔なやつらを殺して裸にむ…」

　パン！　男はこめかみから血を噴き出して死んだ。

「イオナ様に対する無礼、聞くに堪えない！　死ね！」

《いや、もう死んでるけど》

　マリアが引き金を引いていた。さらに死体に歩み寄り、パン！　パン！　と銃を撃ち続ける。

《マリアこえええぇ！　ブチ切れるとこうなるのか。怒らせないようにしないとな…》

「とにかく…行きましょう」

　全員で立ち上がり進むことにした。幸運にも俺たちが連れていた馬はそう遠くへ逃げてはいなかった。イオナが身重なため負担にならぬよう馬に乗ってもらい、手綱はミーシャが握ることになった。それから朝まで夜通し歩き続けたら疲労がピークになってきた。

「皆さん、一旦休みましょう」

「は、はい…」

　馬を道端の木にくくりつけると草を食べ始めた。皆空腹で思考が低下しているようだった。

「あの母さん、何か食べましょうか？」

「ラウル…何もないのよ…」

「あります」

　俺はデータベースから自衛隊戦闘糧食Ⅱ型を召喚する。レトルトのおかずと、乾パンをドサドサと前に置いた。データベースの日々のバージョンアップのおかげだ。

「これは？」

「ちょっと待ってください」

食欲はないが、食べなければ確実に動けなくなる。スプーンと一緒に皆に渡す。

「では、食べてみます」

食欲はないがなんとか食えた。続いてマリアも食べる。

「イオナ様。美味しいですよ」

それを見てイオナもミーシャも恐る恐る口をつけた。

「本当です。不思議な味…でも美味しい！」

「美味しい！　これは初めての味…どこの国の料理？」

よかった、食欲がなくて食べられないかと思ったが珍しさも相まって食べてくれてる。

「ラウル…この魔法はいつ頃から使えていたの？」

「三歳か四歳頃だったと思います」

「そう…そんなに前から。あなたには魔法の才能がないものだと思ってたわ。しかしこんなに素晴らしい魔法が使えていたなんてすごいわ。グラムが生きていたらさぞ喜ん…だ…うっ」

イオナは泣き出してしまった。緩んだマリアもミーシャも泣き始めた…

「母さん。まだ安心するのは早いです。どこか身を隠すところを探しましょう」

「そうね。これを食べたらすぐに動きましょう」

街道沿いに進んでいくと川に出た。すると川辺に人がいるのが見えてきた。

「村人です。助けを求めましょう」

マリアがすぐに動いた。

「あのーすみません。この辺のかたですか？」

「おおー、あんたらもサナリアから逃げてきたのかい？」

農家風のおじいさんだった。

「前にも誰か来たんですか？」

「馬に乗った人が数人来たよ。昨日の夜分についてもう出ていきなさった」

「実はちょっと休むところを探しておりまして…」

「それなら、うちの小屋を使えばいいさ」

「ありがとうございます」

俺たちがおじいさんについていくと、馬小屋もあったので馬を繋いでもらった。

「なんもないですが気を遣わず適当に休んでください」

「おじいさん、ひとりで住んでるんですか？」

「いや、孫が一緒に。おーいミゼッタおいで！」

「はーい」

出てきたのは俺と同じくらいの幼い女の子だった。俺たちを見てにっこり挨拶をした。

「この子の父親もいたのだが…戦争に行ったきり帰ってこなんだ」

「そうですか…あの、それでは私が話します」

イオナが敗戦のことを話す。おじいさんの名前はバンスというそうだ。

「領主様の奥方とは知らず無礼な口をきき申し訳ありませんでした」

「いえ、こちらこそいきなり来てすみません。少し体も休まりましたのですぐ旅立ちます」

「本当に何もおかまいできませんで申し訳ございません。ただ…おりいって頼みがあります！」

バンスは何か思い詰めた表情で話し始める。

「なんでしょう？」

「ここにいてはミゼッタにも危険が及ぶやもしれません、この子も連れていってください！」

「それではあなたも一緒に来てはいかがでしょう？」

「いえ！　イオナ様、そうしたいのはやまやまでございますが…実は足が悪いのです。老い先短い私など足手まといにしかなりません。敵はいずれここまで来るでしょう。そのとき私は嘘をつきます。イオナ様の行き先について嘘の情報を流します。わずかでも時間稼ぎになれば」

「ばれれば殺されてしまいますよ」

「時間稼ぎができるならワシの命など惜しくはない。何卒お気になさらぬように」

バンスは息子の忘れ形見をなんとしても守りたいのだ、その気持ちは痛いほど分かる。

「分かりました。ミゼッタちゃんは連れていきます」

いきなりな展開にミゼッタはついていけずにいた。

「おじいちゃん、何言ってるの？」

そりゃそうだ、いきなりそんなこと言われても納得できるわけがない。

「だってお父さんが帰ってくるんだよ？　待ってないとお父さん悲しむじゃない？」

「ミゼッタ…昨日の夜に来た男どもも言っておったのじゃがな…この国は負けたんじゃよ」

「え…」

　ミゼッタはイオナを見た。

「ごめんなさい…領兵は皆…」

「そんな…」

「そういうことじゃ、ミゼッタよ…どうか聞き分けておくれ…迷う時間などすでにないのじゃ。敵がすぐそこまで来ているやもしれん」

　ミゼッタはあまりのことに呆然となっていた。

「だめだよ！　おじいちゃんといるよ！　お父さんは帰ってくるもん！」

「ダメじゃ、恐ろしい魔獣を従えた軍隊がくるのだぞ！」

「いやだ！」

「聞き分けなさい！」

　バンスは強く言った。ミゼッタはビクッとして静かになった。

「あの…イオナ様。うちの幌馬車(ほろばしゃ)を持っていってください。馬に牽(ひ)かせれば皆で乗っていけるでしょう。あと何枚かの毛布を持っていってくだされ」

「ありがとうございます」

「ミゼッタ…すまない…本当に…お前の父親はもう帰ってはこんのじゃ…。お前まで失ったらあの世でアイツに顔向けできん…後生じゃ許しておくれ！」

バンスは泣きながらミゼッタを抱きしめて、諭すように話した。

「うわあぁぁぁん！　うわぁぁ！」

ミゼッタも泣いた。もう帰ってくることのない父親、いきなり今生の別れを告げた、祖父のバンスにしがみついて泣きじゃくった。非情すぎる世の中を呪うように…。

「ミゼッタ！　行きなさい！　どこにいても、わしがお前の父親と一緒に見守っておるから心配はない！」

「いやだ！　行きたくない！　おじいちゃん！　おじいちゃん」

叫ぶミゼッタを、イオナが泣きながら抱き寄せた。

「ごめんなさい…ごめんなさい…」

今生の別れを惜しむ時間などはなかった。強制的にミゼッタを連れていく。ミゼッタは見えなくなるまでずっと自分の家の方を呆然と眺めていた。

草原をそよぐ柔らかい風がミゼッタの髪をやさしくなでるだけだった。

俺たちは急いでユークリット王国からの脱出を図るべく北に向かう。ひとまずラシュタル王国に逃げ延び救いを求めるつもりだった。属国のラシュタルであれば助けてくれるはず。夕刻に近づきだいぶ陽が傾いてきた。いつ追手がくるかわからないため馬をとめることはしなかった。

すると荷台で、俺が貸したショルダーバッグの中を覗(のぞ)いていたマリアが言う。

「あの…ラウル様。ここにグラム様からの書簡(しょかん)が…」

《忘れてた！　あまりの極限状態に手紙を読むのを忘れてた！》

「そうでした！　すぐに父さんの手紙を読みましょう！　ミーシャ、馬を止めてもらえますか？」

　その手紙には命がけで運んできてくれたレナードの血の指紋がついていた。

ラウルよ

　俺の大切な息子よ、お前がこれを読んでいるとき俺はもうこの世にいないだろう。俺はサナリア兵二千人の命を救うため、この命をもって命乞(いのちご)いをするつもりだ。帰れなくなってしまうことを許してほしい。強大すぎる敵はあっという間にこの国を呑(の)みこむだろう。その前に一目散に逃げろ、そして母さんとお腹の子を救え。幼いお前に託す無理を承知で言っている。モーリス様に聞いたところ、お前には尋常(じんじょう)じゃない魔力の器(うつわ)があるそうだ。魔法はまだ使えなかったが、お前ならやれると俺は信じている。逃げる先は大陸の北東の果て、グラドラムという国のガルドジンという男を訪ねるがよい。ガルドジンは必ずお前の力になってくれる。イオナとお腹の子と共に元気に暮らしてくれ。そして、何があっても忘れるな。お前はこのグラム・フォレストの宝であったことを。では、母さんを頼む。

手紙はここまでだった。感動し涙をためながらも…クエスチョンがいっぱい浮かんでいた。

《グラドラムってどこ？　ガルドジンって誰？》

「母さん…これ…」

「それではラウル。北東のグラドラムに向かいましょう。グラムが言うのです、間違いないわ」

「そうですか…わかりました…行きましょう」

イオナが迷いもなく決定し、それ以上は何も言わなかった。敵にユークリット王国をあっというまに滅ぼす戦力があるならば、ラシュタル王国もシュラーデン王国も呑まれてしまうだろう。手紙にあるガルドジンとやらのいるグラドラムに向かうしかない。手紙に従い北東に進む。

グラドラムに向かって数日後、たまたま通りかかった商人一行と遭遇した。商人はニクルと名乗る。人用馬車が一台と幌付き馬車二台が特産品などの荷物を積んで、護衛の冒険者が三人いた。ラシュタルからグラドラムに向かっている途中だと言う。俺とイオナとミゼッタが人用の馬車に乗せてもらい、イオナがニクルからいろいろ聞かれていた。

「出会えてよかったです」

「はい、私たちの方こそ助かりました。本当にお礼のしようもありませんわ」

「そう言っていただけると幸いです。最近はこの街道も物騒になったと聞きます。ならず者が流れてきて、商隊が襲われたりしているというのですよ」

「ならず者ですか？」

「ええ、それもかなり強い。それで強い冒険者を雇ったのですよ」

「それでこのごろ我々にも、護衛の仕事がまわってくるようになったのです」

冒険者が教えてくれた。冒険者はエリックとペイジとラリーという名らしい。

「そんなに危険な者が出るのですか？」

「本来ラシュタルとグラドラムを結ぶこの街道はそれほど危険ではないのです。ですが一ヶ月ほど前に、冒険者が護衛していた商隊が全滅したらしいのです」

エリックが苦虫を噛み潰したような顔で話した。

「冒険者仲間が死んでこいつは悔しいんですよ」

ペイジも残念そうな顔をし、ラリーも横でうなずいていた。

「彼らの言う通りです。それでも我ら商人は商いを止めるわけにはいかんのですよ」

ニクルが切実に言う。そのまま進み続け午後になると雨が降り出した。いったん馬車を停止させ、俺たちは幌がある荷馬車にみんなで乗り込んだ。そのまま雨が上がるのを待っていたが、さらに土砂降りになる。前世で言うところのゲリラ豪雨ってところか、視界も悪く十メートル先が見えない。ドドドドド。バケツをひっくり返したような雨に周囲の音もかき消される。

「すごい雨ですね」

マリアが雨粒を拭いながら言う。

「本当ですね。少しも先が見えないです」

く。

「止むまで待つしかないわ」

そんな話をしている時だった。バスッ！　幌の横から矢が貫通してきた。俺は慌てて前に行
「敵襲です！　敵が襲ってきました！」

前の馬車に助けを求めるように大きな声で叫ぶが、土砂降りのせいで聞こえないようだった。

「まずいです、母さん」

「ええ、分かっています。落ち着きなさい」

「イオナ様！　ミーシャ！　ミゼッタ！　とにかく荷台の真ん中へ寄ってください！」

マリアが指示を出しながら、Ｐ３２０とベレッタ92を引き抜き安全装置を外した。

「母さん、ミーシャ！　二人も銃を携帯してください」

「分かりました。ミーシャも落ち着いて準備しなさい」

「は、はい」

あの恐怖の森を抜けてきたのだ、切り抜けてみせる！　馬車の荷台の上ということは人が近づけばこちらの方が有利、多少重くても火力のあるものを！　俺は荷台の後部付近にそれを召喚した。

「母さんとマリア、ミーシャは前方を見ていてください」

「あなたは？」

「後ろはこれを使って、一人でやってみます」

「えっ、ひとりで？」

「すみません説明している暇はありません！　どうしても危なくなったら援護してください！」

俺が召喚したのは、

12・7㎜ブローニングM2重機関銃

子供の俺に振り回せるかどうか？　重量があるはずだがなんとか動かせるようだ。

そして始まりはいきなりだった！　荷台の後ろから、顔に傷のあるぼさぼさ髪の男が剣を持って乗り込もうとしてきたのだ。俺は慌てて機関銃のトリガーを押し込む。ドンドン！　バカでかい音をたて12・7㎜M2機関銃が火を噴いた。男の頭がスイカを破裂させたように脳漿を噴き出して吹っ飛ぶ。するとその撃たれた男を助けるために五～六人のプレートメイルを着た男たちが集まってきた。俺はその集団にも連射をかました。ガガガガガガ！　至近距離から重機関銃の砲火を浴びたフルプレートメイルの男たちは、手足や頭を派手に飛び散らせてそこら中を真っ赤に染め上げる。パンパンパン！　馬車の前方ではイオナとマリア、ミーシャががむしゃらに銃を撃っていた。雨がようやく収まって小降りになり前の馬車が視認できた。ニクルたちの馬車には五人の兵士が群がっていた。エリックとラリーが応戦していたがペイジがいなかった。二人は戦いに気を取られ、後ろからそっと近寄ろうとしている兵士に気が付いていないようだ。

「マリア！　エリックたちの援護を！」

マリアは魔法を軽く発動させ、前の馬車に近づく兵士に銃を撃った。パンパンパン！　マリアは前の兵士五人に銃を命中させた。兵士は五人ともその場に倒れ込む。ラリーが後ろから刺されてしまったようだが、気付いたエリックが、その兵士の喉に剣を突き立てた。

《敵は何人だ？　俺が殺したのは七人、マリアとイオナとミーシャで八〜九人はやったはずだ。弓が飛んできた方角は向かって右側、先ほど機関銃で吹っ飛ばしたやつらも同じ方向から走り込んできていた。荷馬車の反対側に降りれば狙い撃ちされることはない》

「母さんとミーシャはそのまま前方を警戒していてください！　マリアはこちらへ！　敵が来たらココとココを握って親指でこのボタンを押してください！　敵が見えたら撃ってください！」

「分かりました。ラウル様は？」

「いったん外に出て索敵します。出る時に狙われないように援護をお願いします」

「はい！」

「いきますよ！　3、2、1！」

俺が外に出る。マリアが馬車から身を乗り出して左側に銃を撃った。そのまま馬車の反対側に出た俺は幌馬車の下に潜り込む。俺はすかさず武器データベースから武器を呼び出した。

マクミランTAC－50　スナイパーライフル

　銃身73・7㎝、衝撃を軽減するマズルブレーキがさらに精度をアップする。俺は寝そべって林に向かいスコープを覗いた。左から右にかけてゆっくりずらしながら見ていくと、七十メートルあたりの木の上に一人、少し離れた木の上に一人の弓兵がいた。俺は12・7㎜×99㎜弾を召喚し、手動回転式ボルトアクションの遊底をスライドして弾を装塡した。スコープに目を当て照準を合わせていく。ヘッドショット一発で仕留めなくてはいけない。六十～七十メートルの距離など至近距離といってもいい。集中！　照準が敵の頭に合った。バシュッ！　バグン！引き金を引くと同時に共に木の上のやつが幹にもたれ掛かる。もう一人の木の上の弓兵は、一人やられたことに気が付いていないらしい。俺の場所を見失わないように集中しているようだ。二発目を装塡しもう一人を狙う。バシュッ！　次弾が弓兵に命中しぱたりと力なく木から落ちた。

「弓兵は制圧しました。母さんたちはここでまっていてください！　マリアは俺と一緒に来て！」

　俺は装塡済みのふたつのＶＰ９ハンドガンを召喚し、イオナとミーシャに渡す。

「ではマリア！　いきましょう！」

「分かりました！」

「ラウル！　気をつけて！」

　イオナに声をかけられながら、俺もＶＰ９サブコンパクトハンドガンを構え前方に向かう。

前の馬車の近くに五人のプレートメイルを着た騎士が倒れていて、数名がうめき声をあげて生きていた。マリアが冷静に脳天を撃つ。さらに進むと、ラリーが途中で倒れていた。

「ラリーはだめです！」

ニクルの馬車の前でエリックが騎士二人と戦っていた。俺たちが敵の頭に一発ずつ鉛の弾を撃ち込むと、命ない人形のように倒れ込む。エリックが俺たちを確認するとその場にへたり込んだ。

「大丈夫ですか？」

「大丈夫と言いたいところだが、しくじったよ」

「止血を！」

マリアが自分のメイド服のエプロン生地を破って、エリックの腕に巻き付けた。

「ニクルさんは？」

「彼も抵抗したようだが、怪我をしている」

馬車の中のニクルは、腹から血を流して座っていた。

「坊ちゃん！　あれは…盗賊ではない。兵士です！　兵士が商人を襲うなど」

「とにかく止血を！　マリア！」

ニクルさんは呆然と信じられない物を見たという顔で、うつろにつぶやいていた。

数日が過ぎると積んでいた仲間の遺体が腐って臭くなってきた。秋の気配がするがまだ夏だ、日中は気温が高く遺体の腐食が早い。このまま町まで積んでいくことはできそうもなかった。

「エリックさん。あのペイジさんとラリーさんと従者さんたちのことなのですが」

「はい、イオナさん…ゴホゴホ」

「遺体の腐敗が激しく次の宿場町までは持ちそうにありません」

「分かりました。あなた方で弔っていただくことはできますか？」

「荷馬車ごと火葬し道端に石を積み上げて埋葬することに致します」

「けっこうです。ゴホ、あいつらも美しい女性に弔っていただけて本望だと思います」

　エリックは日ごとに弱っていた。ニクルは更に酷く、たまに目を覚ましはするが水を飲むとすぐに眠ってしまう。どう頑張ってもあと数日で死ぬだろう。

「それでは僕が彼らの遺体を焼いてきます。皆さんはここにいてください」

　遺体を積む荷馬車につながれた馬の綱を切って放した。

「南無阿弥陀仏南無阿弥陀仏。魂よ成仏したまえ」

　俺は適当にお経を唱えながら、M9火炎放射器を召喚し荷馬車ごと一気に彼らを火葬した。あっという間に燃え広がっていく。

「イオナ様！　後ろから馬車が近づいてきました！」

　ミゼッタが言う。後ろから近づいてきた馬車が止まり、御者がこちらに頭を下げた。すると長身の護衛が近寄って話しかけてくる。どうやら護衛は一人だけのようだった。

「こんなところで立ち往生ですか？　荷馬車を燃やしているので？」

「はい困ったことがありまして」

「それは見過ごせない」

滅茶苦茶イケメンだ！　金色の長髪で怜悧な感じのテンプレのイケメンだが、子供の俺に気さくに話しかけてくる。すると馬車の中から僧侶のようないでたちの者が二人降りてきた。

「こんなところでいかがなされた？　荷馬車が燃えているようじゃが」

年寄りの僧侶が話しかけてくる。

「実は盗賊に襲われ五人も殺されてしまいました。荷馬車ごと火葬し埋葬するところです」

イオナがやってきて俺に代わって話をした。

「それはおいたわしい。が、ここでお会いしたのは何かのご縁でございましょう」

さらに後ろからついてきたもう一人の僧侶は若い女性で透き通るような美しさだった。

「本当に大変な思いをなされたのですね…亡くなった方へ祈りを捧げましょう」

俺たちが穴を掘って遺体を埋め、五人分の墓石を立てた。

「神はいつくしみ深く、苦しみもなく憎しみもない世界で…」

僧侶たちが流暢に祈りを捧げ始め、美しい声に皆聞き入っていた。魂を揺さぶられるような心にしみわたる鈴の音のような声。言霊が宿っているというのはこういうことなのかもしれない。

「この尊き魂を救いたまえ」

墓石から何かが天に向けて浮き出たような気がした。

「皆様の心も救われますように」

　僧侶たちは、そんな言葉をかけ一礼をした。

「あの失礼ながら僧侶様は回復魔法を使えますでしょうか？」

　マリアが唐突に聞いた。

「はい、それなりには」

「実は怪我をしている人がいるのです。看ていただくわけにはいきませんか？」

「ええ、当然です。それが私たちの仕事ですから」

　馬車に乗り込むと年配の僧侶はエリックに向けて手を差し伸べ、その手から金色のオーブのようなものが降り注いだ。すると苦しそうだったエリックの寝息が穏やかなものに変わった。

「しばらくすれば気がつくことでしょう。あとは滋養のあるものを食べさせれば十日ほどで歩けるようになるかと思います。こちらはリシェルがやりましょう」

「はい。かなり血が流れ、血も汚れてしまっていますがとにかく最善を尽くします」

　リシェルが手をかざすとニクルの体がほのかに光りだした。しばらくして手を離す。

「こちらの方はとても危険な状態でございました。数日すれば目が覚めます。こちらの方にも滋養のあるものを食べさせていただければ良くなることでしょう」

「よかった」

　俺たち一同はほっとした。あとは元気になってくれることを祈ろう。

「それではここでお別れとなります」

「皆様はどちらに向かわれるのですか？」

「私たちはファートリアへ」

《ファートリア神聖国の人たちだったのか？　それは穏便に過ぎ去ってもらったほうがいい》

「足止めをしてしまってすみません。これからの長い道中、何卒お気をつけてください」

イオナが丁寧にお礼を言った。

「あなた方にも祝福がありますように」

過ぎ去っていく僧侶たちの馬車を見送り、見えなくなったところで俺は言った。

「どうやら追手の類ではなかったですね。母さんにも気が付いていなさそうでした」

「ええ、本国から連絡が途絶えたと言っていたわね。いずれにせよ助かったわ」

通りかかった僧侶のおかげで、エリックとニクルは一命をとりとめることができたのだった。

それから十日後、宿場町にたどり着くまでに、二人はすっかり回復していた。

「こんなに人がいるなんて」

元気になったニクルが不思議そうに言う。普段はこの町にはこんなに人がいないらしいのだ。

「宿屋に空きがあるでしょうか？」

「定宿ならば空いているやもしれません。商業ギルドでいろいろ話を聞いてみましょう」

ニクルとエリックが二人で商業ギルドに入っていった。

「人が多いから、この町に紛れ込めばおそらく隠れられるわ」

「ファートリア神聖国の僧侶に見られてますが」

「私の勘ですが、あの方たちは大丈夫です」

「勘ですか？」

「勘です」

「あ、ニクルさんとエリックさんが出てきました」

「お待たせいたしました。いやあ良かったです、なんでも人が急激に増えたらしく物資が不足して商売は大歓迎だそうです！　私も人死にが出てどうしようかと思っていましたが売ります」

《なんとも商魂たくましい》

「ただとても困ったことが一つございまして」

「どうされましたか？」

「実はこの盛況ぶりに人が足りないらしく、商売の手伝いをする人の貸し出しは出来ないと」

「あら？　よろしければ、知り合ったのも何かの縁です。私たちがお手伝いをいたしますわ！」

「いえ！　イオナ様のような高貴な方にお手伝いを頼むなど、とてもとても！」

「困っている私たちを、ここまで連れてきていただいたご恩もありますし」

「本当はすぐにでも助けを求めたかったところでございますが、イオナ様から申し出ていただけるとはなんと感謝をいってよいやら」

「グラドラムに行く馬車も分けていただきました。恩をお返しするのは私たちのほうですわ」

「わかりました。そこまでおっしゃっていただけましたら、御者三人分の経費が浮いてしまいましたので、宿場の面倒はぜひこのわたくしめにお任せください」

「うれしいですわ！」

ニクルとの交渉を成功させたイオナが俺たちに目配せをした。商売が始まるとすぐにニクルの店に長蛇の列が出来る。あれよあれよという間に商品が売れていき、それならばと利益を上乗せするようイオナが提案した。価格を上げても夕方までにはひとつ残らず商品が売れ、ニクルが呆然としている。どうやら美人ぞろいの店ということで話題になっていたらしい。

「グドラムの倍の値段で売れるなんて信じられない！」

「あら？　すみません。余計なことをしてしまったかしら？」

「いえいえ！　余計なことなどと！　給金以上に謝礼をお支払いいたします！」

「よろしいのですか？」

「よろしいもなにも想定の倍近い利益が出ましたゆえ。利益の四分の一をお支払いします」

「あらそんなに！　とても助かりますわ」

《イオナは断らないのね》

俺たちは空になった馬車をひいて宿に行くことにするのだった。


次の日、ニクルは売れる荷物がなくなってしまったので今日はもう商いをしないという。さらにお礼ということで、いつもこの宿場町で補給するという商品を買いにさそわれた。マリアと俺が一緒に買い物に行くことになった。商店街は相変わらず人でごった返していて、きのう販売をしていた市場の奥に入っていくと一つの店につく。

「なんか臭いがしますね。鼻を突くような甘いような」

「坊ちゃんは初めてですか？　ここは薬屋です。有名な薬師がいるんですよ」

「有名な薬師ですか？」

「なんでもその昔ファートリアから流れてきたとか」

《ファートリア神聖国の薬師か。一応警戒しておこう》

中に入ると更に臭いは強くなった。その奥にいかにも魔法使いの婆さんって感じの人がいた。

「いらっしゃい、おや？　ニクルじゃないかい。元気でやってるのかい？」

「相変わらずです。デイジーさんもお元気そうで」

「おや？　今日は可愛い従者を連れているね」

「知り合いのお子さんですよ」

「そうかいそうかい！」

二人は旧知の仲のようだ。デイジーと呼ばれた婆さんはまるっこくって小さい。

「おはようございます」

「かわいい子だねえ。ニクルも趣味が良くなったねえ」

「御冗談を。それでいつものを買いに来ました」

「あいよ」

ピンクのガラス瓶が数本入れられた木箱が積まれた。一箱に二十本ずつ入っている。

「あのデイジーさん、今日はあと一箱余計にください」

「お！　儲かったのかい？」

「少しだけ」

「まあなんにせよいいことだね。あいよ」

　もう一箱同じものが出てきた。

「六箱でいくらですか？」

「いつも通りでいいよ」

「デイジーさん、もっと儲けを考えないとダメですよ。最高級品をこんな良心的な値段で！」

「いいんだよ、ワシの薬で助かる人がいたらそれでいいんじゃ」

「相変わらず欲がないですな。デイジーさんは」

「ファートリアじゃ、業突く張りの教会の連中やろくでもない軍の連中が客じゃったからな、思いっきり吹っかけてぼろ儲けしてやったんだ。おかげで蓄えはたんまりある」

「ここで売る五倍の値段で売っていたとかの話ですか？」

「そう、ローポーションでも荒稼ぎしとったわい。でも金じゃないんじゃよ、人生は」

《ポーションといえば！　ラノベやＲＰＧで知れた定番の回復薬じゃないか！》

「あとニクル、せっかくこんなにいっぱい買ってくれたんだ。これをおまけしておくよ」

「ミドルポーションなどいただけませんよ」

「気にするでない」

ミドルポーションは、ローポーションと言われていたものよりさらに赤みが強かった。

「ハイポーションをと言いたいところじゃが、あいにく今の材料ではここまでしか作れん」

「いいえ、ありがとうございます。ではこれがこの店のために選りすぐった薬草とハーブ十キロずつ二十キロです。純度が高いので使えると思います」

「いつもすまないのう。ニクルの薬草とハーブはとても質が良いので助かるわい」

二十キロの薬草とハーブを前にデイジーがニコニコしている。

「ではまた来ます」

「それじゃあニクルも道中気をつけてなあ」

ポーションを背負子に縛り担いだニクルは丁寧にデイジーにお礼をして店を出た。

「いつもここでポーションを買い込むんですよ」

「ニクルさんがデイジーさんの店を贔屓にする理由が分かります」

「デイジーさんは凄腕の薬師で、ローポーションがミドルポーション並みの品質なのです」

「凄い人なんですね」

「ええ。とにかく坊ちゃんにこれを一箱差し上げます」

「え！　いいんですか？」

「これからの旅路で絶対に必要になります。イオナ様にぜひよろしくお伝えください」

「ありがとうございます！」

ポーションを一箱もらってしまった。

宿への帰り道、街には人だかりができていて何か揉めているようだった。

「この町に貴族の女が来ていないかと聞いているんだ！」

「これだけたくさんの人が来ています。貴族がいるかどうかなんてわかりませんよ」

どうやら騎士と町人が揉めているようだ。

「あれは何を揉めているんですか？」

俺は近くにいた市場のおばさんに聞いた。

「なにやら、貴族の女とその一行を探しているらしいんだよ。逃亡者らしくてねぇ、この周辺に現れたとかなんとか、貴族ったっていっぱいいるだろうしねぇ。町長と揉めているのさ」

「そうなんですか。ありがとうございます」

間違いなく追手が来た。南側にも十数人の騎士の姿が見える。俺はゆっくりと歩くようにその場を立ち去った。急いで出発しなければならない。部屋に戻り、そのことをイオナに伝えた。

「母さん、追手です」

「それではすぐに出発しましょう」

「やつらはちょうど南門から入ってきたようでした。東門から出ましょう」

この宿は町の東側にある。東門へ通じる道であれば市場も広場も通らなくて済む。

「あと皆さん、銃にこれを付けてください。この先端部分にこうやって付けます」

皆が、俺のマネをして銃の先端にサイレンサーを付けていく。

「これは射出音を消すもので静かに弾が出せます。万が一の時は音を立てずに殺りますね」

　全員が外に出て繋がれた馬車に乗る。二台の馬車がパカパカと音をたてながら進むが、蹄の音ですらビクビクしてしまう。後方の荷馬車には12・7㎜M2重機関銃が光っていた。

「俺とマリアはここで馬車を降りましょう」

「ラウル、私たちはどうすればいいのかしら？」

「ミーシャは手綱を引いて母さんは中で座ってください。念のためフードをかぶっていてください ね。東門で敵兵が検問していたら、話をしてひきつけてもらえますか？」

「わかったわ」

「俺は左方向から行きます。マリアは右後方から忍び寄ってください。東門付近の建物は確認していませんので、門までどのくらいの距離があるか分かりませんが走り込めますか？」

「ええ。森でファングラビット相手に散々やりましたから」

「では。ミーシャ！　馬車を進めてください」

　馬車が進んだのを確認して俺とマリアは散開した。両サイドの建物の脇をすり抜けて裏側に回り込む。建物の脇から覗き見るように東門を見るが、やはり兵隊が立っていた。数は四人。馬車をはさんで両サイドに兵隊が立っている。馬車の中のイオナが話し始めたので、集中力を極限に高めて走り出す。パスパス！　サイレンサーの銃が静かに火を噴き、二人の兵士の後頭部に穴を穿つ。倒れる兵士をすり抜け馬の下をスライディングで滑り込むと、マリアの足音を聞いて二人の兵士が振り向きざまに剣を抜いたところだった。俺は兵士二人を股下から見上げるかたちで銃を撃ち込んだ。パスパス！　俺の弾は二人の後頭部の付け根から正確に上に抜けた。スライディングでマリアの股下を通る。死体には見事に眉間にも穴があいていた。マリアの射撃も正確だったようだ。素早く遺体袋を四枚出して死体を隠すようにかける。

「急いで遺体を馬車に乗せましょう。母さんは水魔法で飛び散った血を流してください」

「ええ」

俺とマリア、ミーシャとミゼッタの四人で手早く死体を包み、荷馬車に積み込んだ。

「終わりました。母さん、馬車を出してください」

俺たちは直ぐに馬車を出発させる。何事もなかったように。

「母さん、こいつらはどこの兵隊ですか？」

「バルギウス帝国のようね」

「もうこんなところまで」

「速すぎる。何らかの移動手段があるわね」

「馬ですか？」

「いえ、馬よりもっと速いものでしょう」

「あいつらは魔獣を使っていましたからね」

東門の兵士がいなくなったことにそのうち気が付くだろうが、痕跡がない以上しばらくは消えた兵士たちを探すはずだ。時間稼ぎができる今のうちに距離を稼いでおいた方がいいだろう。

しばらく馬車を走らせているとイオナが口を開く。

「バルギウスの兵士の死体を処分しましょう」

「燃やしてしまうと煙が上がってしまうので、埋めるか捨てるかしたいですね」

「屍人(しびと)やスケルトンになる可能性があるけどやむをえないわね」

俺とイオナが話していると、馬車の中で震えていたミゼッタが声をかけてきた。

「死体を私の結界で覆(おお)って、その中で焼けば煙は上がらないと思います」

「え？　結界？　ミゼッタちゃんは光魔法が使えるの？」

「はい」

「そうだったんだ！　それならば早めにやってしまいましょう」

イオナが馬車を止め、俺たちは四体の死体を引きずりおろして森の中に運んだ。俺が召喚したM9火炎放射器を手にして、ミゼッタの魔法で遺体を結界で包みこんだ。

「外から物をいれられます」

俺が火炎放射器の先端を結界の中に突っ込んで火炎をはきだす。結界の中が高温の炎に包まれるが外部には炎は出てこない。臨時の火葬場はあっというまに四体の死体を焼き尽くした。

敵が待ち伏せていたルタン町から離れると、イオナに話さなければならないことがあると耳打ちされる。マリアとミーシャとミゼッタに席を外すように言った。そういえばグラムの手紙について何か言いたいことがありそうだったが、商人がいて話せないでいたのだった。

「ラウル、心して聞いてね」

「はい」

「ショックを受けるかもしれないけど、私はそれでもあなたのお母さんよ」

「はい…えっと？　そりゃ母さんは母さんですけど…何を？」

俺は少し動揺していた。イオナがあらたまったからだ。

「あのねラウル。実はあなたはグラムと私の本当の子供じゃないのよ」

本当の子供じゃないのよ…子供じゃない…のよ…のよ…のよ…イオナの言葉がエコーした。

「本当の？　あ？　え？　そ、それは！　ど、どういう！　そんな…」

俺の声が震えた。グラムとイオナの子供じゃないはずがない。俺は二人の子だ。

「落ち着いて聞いてね。八年前にグラムが仕事から帰ってきた時、突然あなたを連れてきたのよ」

「僕はお母さんから生まれたんじゃないんですか？」

「いままで黙っててごめんなさい。でも私もグラムも本当の子供だと思って育ててきたわ」

「それは分かっています」

「グラムから聞いたことだけどそのまま伝えるわ。手紙にあった名前を憶えているかしら？」

「グラドラムのガルドジンですか？」

「ええ、そうよ」

「誰なんですか？」

「あなたの本当のお父さんよ」

お父さんよ、おとうさんよ…うさんよ…さんよ…まあいいか。このくだりは。

「どういうことですか?」

「ええ、グラムから聞いた話なのだけど、あなたは魔人の子供だったらしいの」

「ま、魔人の子? 僕が?」

「魔人は魔力量が人間の比じゃないらしいの、でも魔法が使える者はほとんどいないのよ」

「魔力があるのに魔法が使えないんですか?」

「その代わりその魔力がそのまま体の強さとして現れるの。そして身体的特徴もあるわ」

「身体的特徴ですか?」

「魔人は灰色や赤っぽい肌、青い肌をしていて人間とは似ても似つかないらしいわ」

《赤鬼とか青鬼とか前世の架空の話ではいたけど。グレーの鬼っていたっけかな??》

「でも僕は人間のようです。魔人ではないと思うのですが?」

「ええ、そこなの。魔人は魔力の影響でツノが生えたり羽が生えたりするらしいのよ」

「僕にツノはないです。羽も生えていないようですが?」

「そうね、私もグラムから聞いただけで魔人を見たことがないの。あなたは人間そのもの。でもそれが原因で命を狙われたらしいのよ」

「命を狙われた?」

　話が見えてこなかった。俺はなんで殺されそうになったんだろう。

「ガルドジンは魔人族の長(おさ)に君臨する人物だったらしいわ。それが勢力争いで魔人族の中で弱くなってしまい、自分の息子を次の長にしようとした、そして生まれてきたのがラウルね」

「魔人族の次の長候補が、人間みたいに生まれてしまったと？」

「そうらしいの。人間のように弱く生まれたあなたを、魔人の中では育てることができないと思ったガルドジンは、逃がそうと思ったらしいわ」

「ガルドジンが僕を不憫に思って、何かの縁でグラムお父さんに託したと？」

「そう」

そう。ってそんな簡単に。

「そんな…」

「ショックを受けるのも無理はないわね」

《そうかあ。俺、人間じゃないんだ。早く人間になりたい！》

「まだ小さくてもあなたの足が速くなったり、力が強くなったりするのは恐らくそのせいよ」

「八歳の身体能力じゃないですもんね。さらに僕は魔法も使えるし」

「ええそのとおりね。やっぱりあなたは呑み込みが早いわね」

「理解はしました。全く納得はしてませんが…。ところで、母さん、その話を聞いて分かったことがあります」

「何かしら？」

「僕は人を殺すと強くなります。人の何かを糧にしているのかも…」

「…」

「そして人を殺した後」

「なに？」

「血がたぎるんです」

イオナは絶句してしまった。そりゃそうだ。我が子が人を殺すたびに興奮すると言うのだから。

「僕のことを軽蔑しますか？」

「魔人や魔獣が人間を糧としていることは知ってるわ。でもあなたは、私たちを守るために戦ってきてくれた。私はそれだけで十分よ」

「母さん！　僕はこれからも母さんの子でありたい！」

「ええ、ラウル。あなたは間違いなく私の子よ。誰にも違うとは言わせないわ」

俺はこれから本当の父親に会うということが分かった。しかし魔人の中でも弱い立場にあるという父に会いに行く必要があるのかは甚だ疑問だ。イオナが続ける。

「あなただけはなんとしても生きてほしいの。それが私のワガママだということも分かっているわ。でも私は息子を…絶対に失いたく…」

気が付いたら俺もイオナも涙を流していた。自分は身重なのにもかかわらずこの人は本当に俺のことを愛し、生かそうとしてくれている。その愛だけで十分だった。


山を登り二日が過ぎていた。この山の名前は知らないがサナリアに行く山よりも険しかった。

「この山、夜はかなり危険って感じがしますね」

「ええ、今のところ、運よく遭遇していないけど、魔獣が出そうだわ」

「イオナ様、ラウル様！　大丈夫ですよ。この身に代えてでも守りますから」

　この山を安全に越えるため、12・7㎜M2重機関銃をもう一挺取り付けている。

「そろそろ野営の準備をしないといけないわね」

「そうですね、日も落ちてきました。あそこに少し広めの道がありますので崖側に見張り用の焚火をしましょう。馬車で寝ることにしてマリアとミーシャと僕が交代制で見張りましょう」

「薪がありません」

「ああ、じゃあ僕が崖を登って森で採ってきますよ」

　このくらいの崖なら登れるような気がして、気軽に薪を取ってくると言ってしまった。

「大丈夫ですか？」

　マリアが聞いてくる。

「昼間だし、なんとかなりそうです」

　俺はホルスターにＶＰ９ハンドガンを入れ、崖に生えている枝や飛び出した岩にしがみつきながらボルダリングの選手のように岩肌を登っていく。指や足がしっかりと岩肌をとらえているのが信じられない。左手の指一本で岩にぶら下がることもできた。あの極めて難しい任務をこなす某エージェントのようにスイスイと昇っていく。あっというまに崖を登り森に到達する。

「さてと薪はどこかな？　あったあった！」

しばらく森で薪を積み上げていく作業に没頭する。その後、大量に集めた薪を崖から降ろすことにした。

「おーい！　馬車のだいぶ前のほうに薪を降ろしますので！　下にいないでくださいねー！」

「分かりましたー！」

マリアの声が聞こえてきた。俺が集めた薪が勢いよく崖を転がっていく。

「全部落としましたー！　どうですかー!?」

「こんなにいっぱい！　十分だと思います！　早く戻ってください！」

心配したマリアが言う。俺が崖から後ろ向きに降りようとして振り向いた時だった。三メートルくらい後ろに、以前遭遇した個体より大きい八メートルくらいのレッドベアーがいた。俺は慌ててVP9を抜こうとしたが遅かった。ブッ！　一瞬レッドベアーの腕が消えた。俺はものすごい強烈な衝撃を左から受けた。反対方向に風景が流れていく。ドガ！　っと大木に体を叩きつけられ脳が揺れたが、意識が途絶えることはなかった。しかし体を強打したせいか肺に空気が入らない！

「ゴフッ！」

血をはきだして少しだけ呼吸ができるようになった。左腕が折れているようだった。

「くそ！」

握りしめていたはずのVP9は俺の手から消えていた。今の一撃でどこかに飛ばしてしまったらしい。俺が弱っていると思ったのかレッドベアーはゆっくり近づいてきた。麻痺していた足が回復してなんとか走れそうだ。俺が脱兎のごとく森の奥へ走り出すとヤツは俺を追ってきた。
《一度もどって武器を取るしかないが！　馬車の位置を気づかれないように戻れるか？》
だが甘かった。パキッパキッ！　っと他の方角から枯れ木を踏む音が聞こえてきた。
《もう一匹いんのかよ！》
さっきのやつより小さい六メートルぐらいのレッドベアーが俺に近寄ってきていた。俺は仕方なく、馬車の位置を悟られるのを覚悟で猛スピードで崖に向かう。
《折れた左腕が痛む、肺もそろそろ限界のようだ…内臓をどこか損傷したかもしれない》
二匹のレッドベアーがすでに俺の三十メートルくらい後ろに迫っていた。
《はええな！》
俺は崖を背中で滑り降りることにした、下までは四十メートルくらいはある。
「ままよ！」
俺は崖に飛び込んだ！
《いて！　いてっ！　イテテテ！》
血だらけになりながらも滑り落ちていく。
《地面に激突したらやばいかな？　俺の体よ！　もってくれ！》
ドガ！　数バウンドして転がったが、体は意外に大丈夫だった。上を見上げると二匹のレッドベアーが後ろ脚から崖を滑り降りてくるところだったが、降りる速度は遅いようだ。俺は急いで馬車に向かって走る。ほとんど無呼吸で動いている状態だが、声を振り絞(しぼ)って叫んだ！

「レッドベアーが来ます！　ロケットランチャーを構えてください！」

「ラウル！」

「ラウル様!!」

俺のボロボロの姿を見て、イオナたちが口に手を当て顔色を青くした。

「僕は大丈夫です。母さんは12・7㎜機関銃を構えて！　すぐレッドベアーが来ます！」

それを聞いた全員が馬車から対戦車ロケットランチャーを持ってきた。俺も片手で一本のロケットランチャーを構える。馬車の御者台に乗っていたミゼッタに操作をしてもらい、ロケットランチャーの発射体勢をとることができた。折れて激痛がはしる左腕をなんとか上にあげ支える。

「来ました！」

ミーシャが叫ぶ。

「ひきつけます！　合図をしたらマリアから順に撃ってください」

あと三十メートル！

「て――――っ！」

ロケットランチャーがレッドベアーに直撃！　バグァン！　レッドベアーの上半身が吹き飛んだ。

「もう一匹来ます！　構えてください！」

慌てながらもマリアだけがロケットランチャーをセットできた！　レッドベアーはあと二十メートル！

しかしあまりの事に慌ててしまったマリアが、ロケットランチャーを外した!!

「みんな！　逃げて！」

レッドベアーの勢いは止まることなく十メートルまで近づいてきた。仲間がやられて、そうとう怒っているのだろう。レッドベアーが俺に向かって飛んだその時！　ダダダダダ！　馬車から火が放たれた！　イオナが放った12・7㎜M2重機関銃だった。ところが、レッドベアーはまだ立っていた。

「嘘だろ」

バシュゥ！　ズガーン！　ミーシャが遅れてロケットランチャーを撃ち、ギリギリのところでレッドベアーを倒す。

「ふぅふぅふぅ」

俺は呼吸が止まりそうになり、目の前が暗くなってきて前のめりに倒れた。

「ラウル！」

「ラウル様！」

「坊ちゃま！」

「ラウルー！」

彼女らの叫び声を聞き、意識を手放した。

俺は死にかけていたらしい。後から聞いたら肋骨は陥没、左腕はぐちゃぐちゃで胸から首には深い裂傷を負っていたとのこと。

《よく生きてたな》

だが間違いなく俺の体は強くなっている、それも人間の体並の強さじゃない。俺はレッドベアーのかぎ爪の直撃を受けて吹き飛ばされたはずだった。大木に激突したのにもかかわらず、体はぐちゃぐちゃになることもなくなんとか二本足で立っていられた。普通なら即死のはずだった。

「しっかし、レッドベアーは美味かったな」

俺はしみじみと言う。あの後たくさんのポーションをかけられて、目覚めた俺は起きがけにハラヘッタ！　と言い、急いで捌いたレッドベアーをがむしゃらに食い続けたのだ。その後ふたたび眠りにつき丸一日眠り続けたそうだ。次の日の朝起きてみると大幅に回復したのだった。

「ラウル」

イオナが話しかけてきた。

「なんですか？　母さん」

「あなた大きくなってない？」

「えっ？」

イオナが不思議そうに俺を見た。

「気のせいかしら?」

俺は特に変わったつもりはない。まあレッドベアーのパンチ直撃を受けて生きてる人間だということは認めるが、そんな急激に何かが変わるわけがない気がする。

「坊ちゃま。たぶん奥様の言うとおりです。というか体に厚みが出たような気がします」

ミーシャまで言い始める。

「へっ? そう?」

「ラウルー、ちょっと私と並んでみてー」

揺れる馬車の中ですっくと立ちあがった。ミゼッタが俺を見上げている。昨日、ほとんど目線は同じだったはずだ。

「胸の前のボタンがパンパンです」

「へっ?」

俺は自分の体を見下ろす。本当に胸のあたりがパンパンになっている。

「ちょっと服を脱いでみなさい」

イオナに言われるままに俺は服を脱いでみた。

「「「……」」」

俺は再び自分の体を見下ろしてみた。引き締まってもりあがった胸筋と八つくらいに分かれた腹筋、上腕二頭筋は確実に太くなっていた。こんなの子供の体じゃない。

「ずいぶんたくましくなってしまったわね」

「あの、母さん。ポーションには筋肉増強の効果があるんですか？」

「いいえ、そんなことは聞いたことがないわ」

「レッドベアーを食べたからでしょうか？」

「私たちも食べたわよ」

俺は自分が人間じゃないことに、改めて気が付いたのだった。

第三話　魔人邂逅

マリアがひく馬車は順調に山を降りて、ふもとの村が見えてきた。

「やっと山を越えることができましたね！」

「ええ、一時はどうなるかと思ったけど無事越えたわ」

「坊ちゃまが無事でよかったです」

マリアとイオナとミーシャが安心して声を掛け合った。村につけば少しは休めるだろう。ようやく一息つけると思った矢先、目の前の森の中からぞろぞろと三人の人間が出てきた。

《敵!?》

俺たちは銃を握りつつ馬車を近づけていく。

「おい！　とまれ！」

近づいてみるとそいつらは人間じゃなかった。魔人だった。肌が赤っぽいしグレーっぽいのもいる、それよりも特筆すべきなのはおでこからツノが生えている。

「母さん」

「ええ」

俺たちは魔人の前で馬車を停めた。

「いかがなさいましたか？」

イオナが何事もないように返事をする。

「おぬしらは我々を見ても驚かぬのか？」

「どうやら、魔人様でいらっしゃいますわね」

「我らはオーガ、人間からは魔人と呼ばれている！」

《なんと！　ゲームで出てくるあのオーガだ！　鬼だ！　すげえ本物だ！　本物の鬼だ！》

「それで、そのオーガの皆様が何用でございますの？」

「それでこんなところで声をかけているのですか？」

「うむ！　我々はある御仁から、ある人を探すように頼まれているのだ！」

俺の銃を握る手に力がはいる。

「そうだ」

「どこからいらしたの？」

「我らはグラドラムから来た。おぬしらはどこから来た？」

「ラシュタル王国から」

「ラシュタルから？」

「はい」

イオナはとりあえずウソの情報を与えることにしたようだ。探りを入れるらしい。

「もしかすると、なにか言えない事情があるのか？」

「言えない事情ですか？」

イオナはまだとぼけているが、オーガはどうやら俺たちから何か感じ取っているらしい。

「つかぬことを聞くが、その馬車の中に我らの同族の者がいるのではないかな？」

「いえ。魔人と旅をしている人間などいるものでしょうか？」

「我々には同族を感じ取る感覚がある。それを感じたので馬車を停め申した」

「…。あなた方に人探しをお願いした人物のことを伺っても？」

「我らが主、ガルドジン・サラス様だ」

《ビンゴ！　いきなり探し相手のほうから来てくれた》

「ああ…」

イオナは言葉を詰まらせなんと言っていいか分からなくなったようだ。

「グラム・フォレストという御仁を知っておいでか？」

「え、ええ。私の主人です」

「おおお！　イオナ様！　よくぞおいでなさった！　我はガルドジン配下のギレザムと申します！」

「ああ、やっとやっとたどり着いたのですね」

イオナはほっとしたようすで崩れ落ちた。

「グラム殿より書簡が届いたのです。我々はガルドジン様の命により迎えにまいりました」

それを聞いた俺は馬車の中から身を乗り出し、彼らを見下ろした。

「おお！　あなた様はもしや」

「グラム・フォレストの息子です」

「おお！　アルガルド様」

《アルガルド？　誰それ？　オーガの皆様がとても感動していらっしゃる》

「我はギレザム。ガルドジン様の配下で若頭をしております」

「私はガザムといいます」

「俺はゴーグです」

赤鬼ギレザムと青鬼ガザムはめっちゃ厳ついのに、ゴーグは小さくて可愛らしい男の子だ。ショタ？　っていう感じ？　怖くない。薄い青で銀色の髪をしている。

「私はイオナ・フォレストといいます。そしてグラム・フォレストは亡くなりました」

「残念です。あの御仁が」

「はい」

イオナと赤鬼ギレザムの会話が止まる。

「とりあえず先を急ぎませんか？」

オーガ三人衆が護衛するから、全員馬車でついてこいと言う。

「母さん、オーガって意外に礼儀正しいというかなんというか」

「ああ、彼らは学問を学んだりはしないらしいけど、礼儀は知っているようね」

「このまま護衛してもらっていいんですかね？」

「分からないわ。でも私たちじゃあ勝ち目がないと思う。だって相手はオーガですもの」

《だよねぇ、あんなに強そうだし怒らせちゃいけない気がする》

「ギレザムさんのその腰の物は刀ですよね？」

「ええ、そうです」

「ガザムさんのは短いですね」

「はい、私は二本の短剣と体術で戦います」

「体術ですか？」

「はい、まあ蹴ったり折ったり絞め殺したりします」

「あの、ゴーグ君は？」

「俺はこれです」

いつの間にかゴーグの手にはカギ爪が生えていた。

「ゴーグはオーガとライカンのハーフです」

「異種族同士でも子供ができるんですか？」

「ええ。魔人と人間の子供もいますよ」

「知りませんでした」

「ユークリットにはおそらく魔人はいないでしょうから無理もありません」

「そうですね、僕は初めて魔人を見ました」

「アルガルド様も本来は魔人なんですけどね」

屈託なく笑いながらギレザムが言う。

「アルガルドと言われても僕にはピンとこないですし」

するとマリアが驚いたように聞いてきた。

「あの…ラウル様は魔人なんですか？」

「いや、まあ母さんから最近聞いたばかりで僕も実感がわかないけどね」

「人間にしか見えませんけど」

「人間だと思っていますよ。マリアは僕が魔人ならどうします？」

「いえ？　ラウル様はラウル様です。今まで通りですよ。というか私はラウル様の成長をそばで見てきましたから、なんとなく普通の人間じゃないなと思っていました」

「アルガルド様がお生まれになった時は人間の赤ん坊そのものでしたから」

「あの、ギレザムさん…。ガルドジンさんは、俺の本当のお父さんなんですよね？」

「ええ、間違いございません。魂の根幹が同じです」

「魂の根幹？　そんなのが分かるんですか？」

「ええ、本能で」

《本能で分かるって言われたらもう、そうなんですかとしか言いようがないわな》

話している間に村に着いた。村の入り口にあった無人の馬車預り所に馬車を置いて、村の中に入っていく。日が暮れてしまったので、早く食料を確保しなければならない。

「我々は人間に恐れられてしまいますので、村の外で待たせていただきます」

「分かりましたわ、それでは手短に用をすませてまいります」

俺たちはオーガたちと別れ、急ぎ陽が落ちた街で市場を探した。そして…俺たちは異変を感じる。

「母さん」

「ええ、人がいないわね」

暗い街をどんどん奥に入って、市場らしき場所に来たが誰もいない。

「全く人がいないわけないですよね？」

「まだ陽が落ちて間もないもの、買い物客くらいいてもいいわね」

「母さん！　すぐ引き返しましょう」

俺たちがふりかえって帰ろうとした時だった。人が周りの建物やその間からぞろぞろと出てきた。薄暗くなってきてよく分からなかったが地面にも人が横たわっていたようだった。

「人の歩き方が変じゃないですか？」

「なにかしら？」

「マリア、火の玉を彼らの足元に投げられますか？」

マリアがソフトボール大の火の玉を出して彼らの前に投げ込んだ。火の明るさにうっすらと浮かび上がった人を見た時、俺たちは恐怖した。

「イオナ様、ラウル様！」

マリアが俺とイオナの前に、敵から守るように立ちはだかり銃を抜いた。

「ウウウ」「ウガァ」「オオォォ」うなり声を上げてぞろぞろと人が出てくる。

「母さん、逃げましょう！」

しかし時すでに遅し、後ろにもぞろぞろとそいつらが出てきていた。そいつらの顔には生気がない。顔は乾燥し土気色をしていて、動いているのに死んでいるようだった。前世の記憶の中にある映画でみたことがあるが、これはまちがいなくゾンビだ！

「かこまれたわ！」

イオナが叫ぶと同時にマリアのＰ３２０とベレッタ92が火を噴いた！　それにつられて、俺たちの銃も一斉に火を噴く。パンパンパン！　しかしゾンビは全く歩みを止めなかった。

「みんな！　あいつらの頭を狙ってください！　母さんとマリアは魔法射撃を！」

ゾンビは弾が頭に当たると倒れるようだった。しかしカチャ！　と音がして弾が切れ始めた。

「数が多すぎる！」

皆がすべての弾丸を撃ち尽くしてしまった。前も後ろもゾンビだらけだった。俺もあまりの恐怖に身がすくみ手が震える。詰んだ！

「きゃぁ――――！」

ミゼッタが叫ぶ。

「いやぁぁぁ来ないで！」

ミーシャも理性がとび、俺とイオナとマリアも恐怖に顔が引きつる。

「うわ！　うわ！　うわ！」

万事休す!!　と思った時だった。目の前のゾンビ集団十体ぐらいの首がなくなった。ぽんっ！　って。音はズビシュァァァという感じだったけど！

「えっ？」

後ろのゾンビの集団を見ると細切れになって地面に落ちるところだった。ベチャ！　グチャ！　次々と崩れ落ちるゾンビたち。そして残るゾンビたちも縦割りに裂けて倒れていく。

「大丈夫ですか！」

ギレザムとガザムとゴーグの三人だった。

「屍人の群れ？　いったい何が？」

「僕たちも良く分かりません」

赤鬼のギレザムと俺が話をしていると、ゴーグ少年が話に割って入る。

「呪詛がかけられて無理やり屍人になったんだ。たぶん殺された後で術をかけられてる」

「なんでそんなこと分かるの？」

「彼はライカンの血で、宿敵ヴァンパイアの術を読み取ります」

「そういうものですか？」

「とにかく我々で屍人を一掃します。ガザム！　お前はここでラウル様たちを守れ！」

ギレザムとゴーグがゾンビの群れに飛び込んでいった。約十分後、彼らが帰ってくる。

「あらかた片づけました！」

「いったい誰がこんなことを？」

俺が聞いてみるが誰も答えを持ち合わせていないようだった。

「ギレザムさんたちは凄く強いんですね」

「はい！　アルガ…ラウル様！　私たちはガルドジン様の配下の中でも力のある方だと思います！」

「屍人相手にあんなに戦えるなんてすごいです」

「むしろ屍人などは相手になりません」

《うわあ心強いわあ。こんな配下がいっぱいいるんだろうか？　俺の本当のとーちゃん》

「では屍人の残骸を燃やしてしまいましょう」

俺はＭ９火炎放射器を召喚してゾンビを燃やし始めるのだった。ボワァァァァア、ボシュゥワァァァ！　しらみつぶしに焼き始めると、ギレザムに聞かれる。

「ラウル様、その炎は魔法ですか？」

「いいえ、武器です」

「武器？　ですか？　すごいものですな」

「あ、ギレザムさんも使えますよ」

「えっ？　我でも？　やってみてもよろしいですか？」

ボシュゥワァァァ！

「おお！」

するとガザムとゴーグも近づいてくる。

「それはいったい？」

「ラウル様がお使いになっている武器だ」

「私もやってみてよろしいですか？」

ガザムが言うと、ゴーグもやりたそうにしている。

「あっ！　ではちょっと待ってください」

俺は三人の前に同じＭ９火炎放射器を召喚した。

「「！！！！」」

「これを使ってみてください」

「いまどうやって？」

「実はこれが僕の魔法なんです。この魔法しか使えないんですが、こういう武器が出せます」

「すごい！」

オーガたちは背中にタンクを担ぎ、俺からやり方を教わるとボワァァァァとやり始める。しらみつぶしに屍人の残骸を燃やした。火炎放射器の燃料が切れるまで火を放ち続けるのだった。


ゾンビ村を出て四日が経った。秋の草原が風でなびいている。街道もそれほど道は悪くなくまっすぐに地平線に続いている。だがいつまで進んでも向こうの山に近づいている気はしない。

ちなみにゾンビ村で馬を二頭回収し、よさげな馬車もきっちり拝借してそれに乗っていた。

「母さんもだいぶ移動が楽になりましたよね」

「本当に助かるわ。彼らのおかげでグラドラムにも早く着きそうね」

なによりもソファーの柔らかさと、揺れが少ないのが妊婦のイオナには良いだろう。

「無事にグラドラムに着けそうです」

「そうね。追手が諦めたとも考えづらいけど」

「ルタン町でも追手が来てましたし、広範囲にいると見て間違いないかもしれません」

「私もそろそろ身動きするのが辛くなってきたわね。お腹がだいぶ重くてね」

「母さんもさぞ体に無理をされていたでしょう」

イオナがお腹をさすっていた。サナリアを出てから既に数ヵ月が経ってお腹が目立ってきている。グラドラムまであとどのくらいで着くのか？　そこまで持ち堪えられるのか分からないが、今は味方だと言ってくれているオーガ三人を頼るしかない。

「ギレザムさん。グラドラムに敵の侵攻はなかったんですか？」

「魔人の国と海を挟んで大陸側の玄関ですから、人間が攻め込んでくることはないかと」

「魔人の国ですか？」

「ええ、我々の主ガルドジン様が、現在の魔人の国の首領に負けてしまい我々はグラドラムにいますが、ほとんどの魔人は魔人国におりますよ」

「でもギレザムさんたちは、負けたガルドジンについてきたと？」

「はい。我々の主はガルドジン様だけです」

「魔人の国の新しい王様というのは誰なんですか？」

「今の魔人の国の新王はルゼミア様という名前です」

「ルゼミア王が強かったということでしょうか？」

「はい。ルゼミア王は女王なのですが」

《え！　魔人の国の王様って女王なんだ！　俺はてっきり滅茶クソ強い閻魔大王みたいなやつだと思った。まあ魔人の女王だし口が裂けて目も吊り上がってておっかないに違いないが》

「女王に負けたのですか？」

「実は、ラウル様の実の母君であらせられるグレイス・サラス様がお亡くなりになりまして」

「ガルドジンの奥さんが亡くなった？　それが何か関係が？」

「そのことでガルドジン様は長い間、悲しみに打ちひしがれておいででした」

「父は母をそれほど愛していたということですか」

「それはもう。さらにあなた様が生まれたばかりの時でしたので、幸せのさなかでしたし」

「どうしてそれが負けることにつながったのですか？」

「失意の底にいたガルドジン様は何も飲まず食わずで、深い洞窟に籠もってしまわれたのです」

《あまりのショックに引きこもりになってしまったというわけね》

「それからどうしたんですか？」

「ガルドジン様がラウル様を守りきれなくなると言い出しました」

「危なくなった僕を、人間の大陸に連れてきて逃がしたということですか？」

「お祭しの通りです。勢力の大きさが違いすぎてどうすることもできませんでした」

「僕の父さんはまだ生きていると？」

「ええ、ガルドジン様はかなりの力を失ってしまいましたが生きています」

「そうなんですね。もともと父さんの勢力は小さかったということですか？」

「いえそんなことはありません、魔人というものは強いものに付き従うのです。それが自然の流れですから。配下の数だけ王の魔力は増大し強くなるのです」

「力が弱くなって配下が少なくなり、みなルゼミア王についてしまったということですか」

「そうなります」

「でもルゼミア王は父さんを殺さない？」

「殺すことなんて考えられません。ルゼミア様はガルドジン様に想いを寄せているのです」

《ややこしくなってきたぞ。なになに？　ガルドジンにはグレイスという妻がいたのに、ルゼミア王はガルドジンに想いを寄せていた？》

「想いを寄せていたから殺さなかったと？」

「そうだと思われます」

「それだけですか？」

「ルゼミア様はグレイス様が亡くなったのなら、自分を娶れと言っておられました」

《ああ、奥さんがいなくなったから好きな人に娶ってもらいたかったということか》

「父さんはルゼミアを妻に迎えなかったんでしょうか？」

「はい、自分の伴侶(はんりょ)はグレイス様ただ一人と言っておられましたから」

「父に断られてルゼミアさんは敵になってしまったということでしょうか？」

「ルゼミア王はどうしてもガルドジン様を諦めきれず、断る理由はグレイス様の忘れ形見(がたみ)であるラウル様にあると言い出しまして、部下にあなたを捕らえるようにさせました」

「そして慌ててグラム父さんに俺をひきわたしたと」

「そういうことです」

いきさつを聞いたらすっきりした。イオナも初めて聞いたようで感動していた。

「分かりました。ますます父さんに会うのが楽しみになりましたよ」

「ええ、ラウル様！　あなた様のお父上は本当に素晴らしい方ですよ」

話をしているうちにあたりが暗くなり始めていた。

「ギレザムさん。そろそろ休みましょうか？」

「このまま進むこともできますが？」

「馬がそろそろくたびれてきていると思います」

「そうですね。ではいい場所がありましたら馬車を停めます」

馬車のスピードを落とし野営するための場所を探す。そのとき外から声が聞こえた。

「ギレザム！」

ゴーグだった。

「道の向こうに何かいるよ！」

「うむ」

馬車を停め、何がいるのかを見定めることにしたようだった。暗くて何がいるのかは分からなかったが、ギレザムたちには見えているようだった。

「ラウル様！　全員を中に！」

どうやらギレザムは動けずにいるようだ。

「ギレザムが容易に身動きとれないほどの、何かが前にいるってこと？」

「そのようね」

するとギレザムが他のオーガ二人に指示を出している。

「ガザム！　お前は馬車のラウル様たちを守れ！　ゴーグ！　あいつらが何かわかるか？」

「ヴァンパイア」

「やはりそうか」

ギレザムたちの話を聞いて分かった。

「母さん。もしかしてこの前の町で、全てゾンビに変えたやつじゃないですか？」

「そうかもしれないわ」

「ラウル様！　我々はどうしましょう」

マリアが俺にどうすべきかを聞いてくる。

「とにかく拳銃を構えて準備しましょう！」

全員がホルスターから銃を抜き取った。星も月も見えず外が真っ暗で何も見えない。どうにかして周囲を確認する必要があった。俺がひとり外に出て確認してみることにした。

「ドアを開けます！　マリア！　銃を構えてください！」

「はい！」

俺が馬車の扉を開けると、外にガザムがいた。

「ラウル様、どうされました！」

「ガザムさん、何かあったら援護します！」

「危険です！　守りきれるかわかりません！」

ガザムほどの手練れが警戒している。それほど危険なものがいるということだろう。制止を聞かず俺は地面に降りて、81㎜迫撃砲と照明弾を召喚して弾をこめる。パシュー！　夜空に照明弾が打ち上がり上空で炸裂し灯りがともる。

「うぎゃぁあああぁ」

肌がざわざわと粟立つ。空いっぱいに何かがいる！　生理的な嫌悪感がハンパなかった。

「あれは？」

蝙蝠の羽が生えた者が大量に飛び回っている様はかなりグロテスクだった。

「ラウル様！　何卒馬車の中にお戻りください！　ヴァンパイアの群れです！」

光ひとつない暗闇になった原因は、無数のヴァンパイアが空を埋め尽くしたせいだったのだ。

ガザムに強制的に馬車にもどされた。

《なんだあれ？　ヴァンパイアって群れをなすもん？　女性陣が見たら卒倒しそうだ》

「ギレザム！　まずいよ、数が多すぎる！」

ゴーグがギレザムに叫んでいる。照明弾がいまだ空に浮いて滅茶苦茶(めちゃくちゃ)な数のヴァンパイアを映し出していた。すると馬車の前に、スッとひとりのヴァンパイアが降りてきた。

「おい！　そこのオーガ！　人間を連れているようだが？」

タイトな貴族風のいでたちで、夜に日傘をさしており背中に蝙蝠の羽を生やしている。ものすごく妖艶(ようえん)で色っぽい金髪美女だが、顔の白さと唇の赤さが目立ち生気を感じられない。

「そこをどけ！　ヴァンパイア！　おまえになど答える舌をもたん！」

ギレザムがヴァンパイアに叫ぶ。

「ふん。中にひとり魔人の子がいるねえ」

どうやらヴァンパイアはすでに俺の存在に気が付いているらしい。

「どけ！　斬るぞ！」

ピリピリしてきた。

「おや？　この数相手にオーガ三人でどうにかできるとでも思っているのかい？」

「どうしてもどかぬなら斬るまでだ」

「その魔人の子ひとりをよこせば全員を生かして通すぞ」

次の瞬間！　貴族風ヴァンパイアが消えた。ヴァンパイアが立っていた場所にゴーグがいて、かぎ爪を振りぬいて奇襲攻撃をしていたのだ。ヴァンパイアにはかわされたようだったが。

「くっ！」

逆にゴーグに対し貴族風ヴァンパイアが反撃の爪を立てようとして、ゴーグがかわしざまに上段に蹴りをくりだすが、ヴァンパイアは身をひるがえすようにその蹴りをかわした。

「気が短い坊やだねぇ」

ヴァンパイアの日傘が数十匹の蝙蝠にかわり、ゴーグの周りを邪魔するように飛び回る。

「ちっ！」

ゴーグは蝙蝠を振り払うようにかぎ爪で全て落とした。その隙をつき貴族風ヴァンパイアが上空から逆さまになって、両手でゴーグの首に爪を立てようとした。だが次の瞬間ゴーグが消える。ゴーグはさらに自分の頭一つ上に飛んでいたヴァンパイアの、更に上に現れて爪をヴァンパイアに振り下ろす。しかし爪はヴァンパイアの服を少し裂いて空振りした。

「狼風情が！」

「黙れ、蝙蝠!!」

ゴーグとヴァンパイアは一進一退の攻防を続けていた。ギレザムは馬車に取りつこうとするヴァンパイアを片っ端から斬っている。

「多すぎるな」

ギレザムはつぶやいた。いかにオーガが強くても三人でこの数をすべて掃討するのは厳しい。ましてや馬車のラウル一行を守ったままでは、身動きがとれず戦況は不利だった。

「ギレザム！　このままではもたんぞ！　ラウル様だけでも！」

何千というヴァンパイアの群れは、ギレザムとガザムの周りで火を散らしながら屑になっていくが、全く減る様子がない。たまらず俺たちは窓を開けて銃を撃ち始める。パンパンパン！　ヴァンパイアに銃を向けて撃つが、一瞬ひるむだけで何事もなかったように飛び続けていた。一匹のヴァンパイアが、窓から顔をのぞかせる。真っ白の顔に目は血走り、牙がすごく長い。

「くっ！」

パン！　俺の弾丸が顔をのぞかせたヴァンパイアの眉間にあたるが、顔をのけぞらせそのまま顔を起こしてこちらを見た。にまぁ。ヴァンパイアは俺と目が合うとおぞましい顔で笑った。

次の瞬間だった！　シュバァッ！　そのヴァンパイアの顔が縦に裂けて、燃えて消え去った。

「大丈夫ですか！」

ガザムが俺たちに声をかける。

「ヴァンパイアを殺せるんですか!?」

「私とギレザムの刃には銀が含まれていますゆえ！　しかしこの数！　ゴーグはヴァンパイアの宿敵ライカンゆえに攻撃が通じますが」

話している間に、ガザムの背中にヴァンパイアがしがみついてきた！

「くっ！」

ガザムが一旦馬車を離れた。扉の方がガチャガチャ鳴り始め、誰かがとってを回しているようだった。馬車もグラグラと揺らされる！

「まずい！」

俺が慌てて扉を押さえようとしたら、バン！　と扉が開いてしまった。目の前にはヴァンパイアの男がにんまりと笑って立っている。

「うわっ!!!」

俺はしりもちをついてしまった。するとマリアとイオナ、ミーシャの銃が一斉に火を噴いてヴァンパイアを外に押し出す。しかし！　また別の女のヴァンパイアが扉の部分にとりつく！　パンパン！　ヴァンパイアは顔をのけぞらせて外に落ちそうになるが、しっかり扉の縁を摑んで、中に乗りこもうとしてきた！　ジュバッ！　すぐにそのヴァンパイアは消滅する。

「ラウル様！　奥へ！」

ギレザムがヴァンパイアの首を飛ばして扉を閉めた。馬車の周りにはヴァンパイアが大量に飛んでいるらしい。彼らがなんとか食い止めているようだが、このままでは時間の問題だった。

「まるで嵐だわ！」

イオナが恐れおののきながらつぶやく。馬車はグラグラ揺らされていた。バン！　そして再び扉がひらくと、そこに立っていたのは額から血を流したゴーグだった。

「この数では守りきれないかもしれない！　ラウル様一人を乗せて走ります！　一人だけなら！」

ゴーグが満身創痍で叫ぶ！　ゴーグの後ろには、ギレザムがヴァンパイアを斬り捨てながら戦っているのが見えた。しかし背後から鋭い爪で背中を斬りつけられ、血しぶきを上げているようだった。オーガの驚異的な戦闘能力と銀が含まれた剣でなんとかしのいでいるが、ヴァンパイアは全く減る気配がない。飛んでいるため刀が届かないのだ。戦いながらギレザムが叫ぶ。

「ゴーグ！　早く！　ラウル様をお連れして逃げろ！」

俺が後ろを振り向くと。イオナ、マリア、ミーシャ、ミゼッタが覚悟を決めた顔でうなずく。

《おい！　なに？　なんでうなずいてんだよ!!》

「ダメです。おいてはいけない！」

俺は叫んだ！

《嫌だ！　嫌だ！　俺の大切な母さんや俺に優しくしてくれたこの子らを見捨てる？　なら死んだ方がましだ。こんな蝙蝠もどきなんぞにみんなを殺させはしない！》

「ラウル！　行きなさい！　あなただけでも生きるのです！」

「ラウル様！　最後までお守りできずに申し訳ありません！　行ってください！」

「ラウル様かならず！　この恨みを晴らして！」

「ラウルー！　ラウルー！」

イオナとマリア、ミーシャは俺に行けと叫ぶ。ミゼッタは号泣して叫んでいた。

「うるさい！　だれも見捨てない！」

俺はつい怒鳴ってしまった。考えろ！

《くそ！　くそ！　こんな蝙蝠野郎どもに！　こうもり？》

「ゴーグ！　こいつらの特徴は？」

「いまはそんなこと！　早く逃げるんだ！」

「いいから！」

「鼻がきく俺と違ってあいつらは耳が良い！　だから気配を察するのは耳でやってる！　銀の武器かライカンの攻撃じゃないと死なない！」

俺は瞬時に思いついた！　俺の中の大賢者！　武器検索でできたのは！

「ゴーグ！　これを耳に詰めろ！」

俺が素早く召喚したのは、ＴＣＡＰＳ。米軍が爆発音などから鼓膜を守るスマート耳栓だ！

音響外傷から守るためのものだ。ＴＣＡＰＳは爆発などの大音量はカットするが、逆に小さな声などはブーストする高性能な耳栓だった。

「なんだよ！　これ！」

「いいから！　ギレザムとガザムにもつけさせてくれよ！」

「こんな乱戦の中で？」

「いいから行け！」

俺はゴーグにＴＣＡＰＳを握らせて外に出して扉を閉めた。ゴーグにＴＣＡＰＳを渡して去った後、俺は馬車の入り口に武器を召喚したのだった。

ＬＲＡＤ（エルラッド）音響兵器

これは暴動や敵の鎮圧などに使われる最新音響兵器だった。ＬＲＡＤは音の射角を30度くらいの範囲に狭め、十キロ先まで音を飛ばせる音のレーザービームのようなものだ。

「デモの鎮圧じゃないけど、効くかな?」

俺はLRADを馬車の扉のほうに向けた。ボリュームを最高出力にしてスタンバイ!

「マリア! これを耳に入れて扉を開けてください!」

マリアにもスマート耳栓のTCAPSをつけさせる。

「3、2、1」

ガチャ! 扉が開いた! すぐ前に真っ白い顔をした女のヴァンパイアが「にまーっ」と笑っていた。ボリュームスイッチ! オン!!

「わあっ!!!!!」

最大音量で俺の叫びがLRADで鳴り響いた!! ポトリ…ヴァンパイアは地面に落ちた。

「ギャァアァァァ!!!」

耳を押さえてもんどり打っている。そしてその後方の射線上にいたヴァンパイアもポトリポトリと蚊を落とすように落ちていく。すかさず落ちてきたヴァンパイアに、ギレザムとガザムがとどめを刺しまくっている。飛ばなければ捕まえるのは容易だった。俺はそのままLRADを馬車の外に出して、警告音モードに切り替えた! キュイキュイキュイキュイ! 音響ビームの射線上にいるヴァンパイアが耳を押さえてポトポト落ちてくる。

「ははっ! まるで! 蚊だな! マリア、ミーシャ! 出てきてください! これをつけて!」

TCAPSスマート耳栓を渡してミーシャにもつけさせる。

「これをあと二台出しますので思いっきり振り回してください！」

「「はい！」」

LRADを二台召喚して最大ボリュームにして彼女らが叫ぶ。

「こら――――――――！！！」

「キャ――――――――！！！」

二人の絶叫が闇夜に響き渡った。

「ギャァアアァァァ」

ポトポト、落ちてくる落ちてくる。だがこれはあくまでも音響兵器のため死ぬことはない。

「あ、母さんとミゼッタもこれつけてください！」

馬車の中にTCAPSスマート耳栓を投げ込む。ポトポト落ちまくっているやつらをギレザム、ゴーグ、ガザムの三人は好き放題殺しまくっていた。

「落ちたやつを、とりあえず焼きます」

俺はM9火炎放射器を召喚して、落ちてきたやつを焼き始めた。

ゴォォオオォォオ
「ギャアアッァ」

ヴァンパイアといえど焼かれれば苦しいようで、羽が燃えるため飛ぶことができないでいる。

「おお、効く効く！　あいつら羽が溶けると飛べなくなるみたいですよ！」

「私にも！」

もう一つ召喚した火炎放射器でマリアも落ちてきたヴァンパイアに火炎をふりまく。

「再生しますね」

まだまだいる。ＬＲＡＤを警戒して近づかなくなったが、虎視眈々と狙っているようだった。

「ギレザム！」

このままではじり貧だったが、俺は切り札ともいえる打開策を考えていたのであった。

「なんです！」

ギレザムが側に来て叫ぶ。

「全員で逃げます！」

「ラウル様！　この状況では！　くっ！」

ヴァンパイアと戦いながらではまともに会話できないな。

「馬が死んでます！　どうやって？」

マリアの切羽詰まった金切り声が俺に叫び伝える。馬車の馬はすでに死んでいた。ヴァンパイアに引き裂かれてしまったらしい。このままでは全員死ぬ。俺は意を決した。

《一か八かやるしかない！　もしかすると失神、状態によっては死ぬかもしれないが》

「マリア！　もしかすると僕は気絶してしまうかもしれない！」

「なんでしょうか？」

マリアが不安そうに聞いてくる。

「これから僕が出す物に全員を乗り込ませてください！」

「武器ですか？」

「これから出す物は乗り物です！　扉が後ろにあります！　もし僕が失神したら、そこを開けて全員で乗り込んでください！　いきます！」

俺は武器データベースから一発で「それ」を選ぶ。ドン!!　デカイ鉄の塊が出現した。

M93フォックス6輪装甲兵員輸送車

操縦席側に二人、兵員を後部に八人乗せることができる。4ストロークV型8気筒液冷ターボチャージド・ディーゼル登載で370馬力。最高速度時速105km　航続距離800キロ。水陸両用で水上も行ける凄い機体だ。ごっそり魔力がもっていかれ自力で立てない。

「マリア、肩を貸してください」

ギレザムとガザムが俺たちにヴァンパイアが近づかないよう、周辺で斬りまくっている。

「馬車を捨てます！　母さんはポーションだけ持ってきてください！」

LRADが鳴り響いたままだったので、ヴァンパイアは容易には近づいてこられないようだった。

「ミーシャ！　ゴーグが戦っている相手にLRADをあててください！」

ミーシャがゴーグと貴族風女ヴァンパイアが戦っているあたりを狙ってLRADをむける。

貴族風女ヴァンパイアは一瞬耳を塞ぎひるんだようだ。だが他のヴァンパイアとは何かが違う。

ゴーグが、ＬＲＡＤでひるんだ貴族風女ヴァンパイアから逃れこっちに走ってきた。

「これからこれに乗り込みます！　全員ついてきてください！」

Ｍ93フォックス兵員輸送車の後部ハッチが観音開き（かんのんびら）きに開く。

「母さん！　マリア！　ミーシャ！　ミゼッタ！　全員中に入ってください！」

全員でＭ93フォックスに乗り込んだ。ガザムが後部ハッチを守りヴァンパイアの侵入を防いでいた。俺はフラフラしながらガザムに言う。

「あと音を出している、白いＬＲＡＤという鉄のものはどうなっています？」

「ああ、あれにはヴァンパイアも近づけないようで立ってます」

「それを回収します。お願いできますか？」

「ギレザム！　ゴーグ！　それをここに持ってきてくれ！」

二人がそれを持ってきてくれた。三本のＬＲＡＤを後部ハッチの前に立てる。

「これで三人は自由に戦えるはずです！　その前にこれを！」

俺はガザムにローポーションを渡す。

「これはポーションです！　魔人でも効きますか？」

「助かります！　我々には多少効きます！　ヴァンパイアには毒になりますが」

「毒？」

「ヴァンパイアはアンデッドの一種ですから」

《えっ！　ヴァンパイアってアンデッドの一種なの？　ポーションが毒？　早く言ってよ!!》

「ギレザムとゴーグに幌馬車から、武器を持ってくるようにおねがいしたいんですが」

「わかりました」

俺は既に魔力がだいぶ枯渇しているため、これ以上の武器の召喚をすれば行動できなくなる可能性がある。幌馬車までの間にＬＲＡＤを当て、そこに残存している12・7㎜Ｍ2機関銃二挺とロケットランチャー数本をとってきてもらうように頼む。しばらくすると二人が傷だらけになって帰ってきた。結果持ってきたのはバラバラになった12・7㎜機関銃の部品と無事だった二本のロケットランチャーだった。どうやらヴァンパイアに破壊されたらしい。

「これ…ですか？」

ギレザムが俺の前にそれを置いて言う。

「はい」

《俺の大事な武器を壊しやがった！　ヴァンパイアだかなんだか知らねえがぶっ殺してやる！》

「マリア、ロケットランチャーで馬車に群がってるヴァンパイアの塊を撃ってください」

「はい。かしこまりました」

マリアは手慣れた感じでロケットランチャーを担いで撃ち込んだ。ドガーン!!　ヴァンパイアはロケットランチャーの直撃を受けて飛び散った。

「マリアは僕と一緒に来てください！」

俺はマリアと操縦席に移る。そしてＭ93フォックスのエンジンをかけた。チチッ、ブゥウウウン！　エンジンがかかり車体が震える。防弾ガラスのフロント前があっという間にヴァンパイアで埋め尽くされる。

「マリア！　いいですか？　これは乗り物です。鉄の馬車です！」

「馬？　馬がいませんが！」

「大丈夫です、馬三七〇頭ぶんくらいの力があります」

「馬三七〇頭？」

「マリア、僕はまだ子供なので足が届きません。これを動かしてほしいのです」

「これを？」

「そんなに難しくはありません」

「まずはこの手元のレバーを入れてください。足で踏むところがあるんですが、踏むと進みます。そしてこっちを踏むと止まります。この手元にあるこれで右に行ったり左に行ったりします」

「は、はい！」

「動かす時は僕が隣に座りますので大丈夫です。ちょっと待っていてください」

俺が後部座席に行くと、あわただしく動きがあるようだった！

「どうしました!?」

「ゴーグが！　ゴーグが！」

ミゼッタが叫んでおり、床にゴーグが四つん這いになって倒れ込んでいた。

「ラウル様、すまない！　あの、女ヴァンパイアにやられて怪我しちまった」

ゴーグの腹の部分から大量の出血がみられた。

「ゴーグ！」

腹を裂かれてしまったようだった。だがゴーグは立ち上がり外に出ようとした。すると外からギレザムとガザムがこちらのほうに声をかけてくる。

「すみません！　もうもちません！　逃げてください！」

「私たちが食い止めますゆえ」

ギレザムとガザムもすでに満身創痍のようだった。

「ギレザム！　ガザム！　ＬＲＡＤを車内に入れて二人も乗れ！」

ふたりが俺の指示にしたがいＬＲＡＤを抱えて乗り込んでくる。

「マリア！　進むほうの足を乗せて思いっきり踏んでください！」

「はい！」

ギャギャギャギャ、ズオオオオ！　砂煙を上げてＭ93フォックスが走り出した！

「足を離さず街道に沿ってまっすぐに保っていてください！」

「分かりました！」

外に向けてＬＲＡＤで爆音を射出しているため、ヴァンパイアは近づいてこないようだった。

「母さん！　ローポーションを！　あと何本ありますか？」

「まだ十五本以上あるわ！」

　ポーションをゴーグに飲ませると腹の傷が軽くふさがって出血は止まった。しかし動けばすぐに傷口はひらいてしまうだろう。後部ハッチは開いたままだが、全力で走るM93フォックスにヴァンパイアは飛びつけないでいるようだった。異世界の夜の草原をひた走る六輪の装甲車。多くのヴァンパイアが夜の空を駆ける暗黒の龍のように追ってくるのだった。


「ゴーグ、大丈夫ですか？」

「平気とは言えないけど、傷はふさがったし戦える！」

「いえゴーグは寝ていてください。ミゼッタと母さんで看護を頼みます！」

「わかったわ」

　ゴーグは貴重な戦力だ、こんなところでロストするわけにはいかない。

「ギレザムとガザムの傷はどうですか？」

「大丈夫です、ポーションで回復しております」

「よかった。これから僕は武器を出します。ですがそれを出すと魔力枯渇で僕は失神するでしょう。そしてポーションはヴァンパイアには毒なんですよね？」

「はい、アンデッドですので、わずかでも効果は出ます。死にもするでしょうが、自らポーションを飲むヤツはいませんので難しいでしょう」

「分かりました」

《ふう。一回で理解できるかな？》

「二人に僕と一緒に屋根の上に出てもらいます」

「分かりました」

「僕が最後の魔力を使って武器を出します」

「はい」

「武器を出して僕の意識が保てるのは数十秒でしょうから、指示をよく聞いてください。ギレザムにはその時、武器の扱い方を説明しますので一回で出来るようにしてください。ガザムにはその武器の右側に座ってやってもらうことがあります。銃という武器の弾丸ベルトリンクという部分にこれをかけてください」

　俺はガザムにポーションの箱を差し出す。

「ポーションをですか？」

「はい。一本切れたらすぐに次のポーションを開けて、すべてを使い切るように」

「分かりました」

「二人とも質問はありますか？」

　簡単なことなので二人は納得したようだった。

「僕が失神しても落ちないようにガザムに俺を括り付けてください」

「はい」

「撃ちきったら僕と武器ごと車内に戻ってください。俺にできることはここまでです」

　二人は理解したようだった。

「では行きましょう」

俺たちは天井ハッチを開き外に出る。八十キロ近いスピードで走る車の風が強く吹き付けて、吹き飛ばされそうになりながらも踏ん張る。ガザムが俺の首根っこを掴(つか)まえて支えてくれた。

「ラウル様！　わずかに飛んでいる奴らの方が速いようです。そのうち追いつかれます」

「では急ぐぞ！」

そして俺はギレザムを銃座付近に座らせ　そのとなりにガザムを座らせる。さすがは魔人、この揺れと風でも微動だにしない。安定感がハンパない。

「ではいきます」

俺の魔力があとどのくらいあるか分からなかった。どの程度のものが呼び出せるのかも分からない。失敗したら武器も出せないで気を失うだろう。恐らくその時、俺は攫(さら)われる。

「何も出なかったら、あとはよろしくお願いします」

「分かりました」

「ではいきます！」

俺は武器データベースからそれを選んだ。銃器と三脚、バッテリーと弾丸ベルトと箱。

M１３４ミニガン

７・62㎜弾を毎分４０００発はきだすモンスター兵器だ。六本の銃身が回転しながら給弾ベルトより装弾される弾を大量に射出していく。バッテリーも含め総重量百キロだ。

「…で…は、ガザムが僕を支えてください…」

魔力切れで意識が途切れそうだ。バッテリーに線をつないで電源を供給する準備を終えた。

「…ギ…レザム…敵が、近づいてきたら」

「はい」

「この先を…やつらにむけて…ねらいを…さだめ…」

「はい」

「ここのボタンを押す…弾がでます…」

「わかりました」

「ガザムは…ここに…ポーションを…かけて」

「仰せの通りに」

「まかせまし…」

俺は暗黒に呑まれるように意識を手放した。暗く沈んでいくようだった。

ギレザム視点
ラウル様は気を失ってしまわれた。ガザムが自分の体に腰ひもでラウル様を括り付けている。
「ガザム、ラウル様をお守りするぞ！」
「分かってる。いざとなったら我らの誰かを犠牲にしても連れ帰るのだ」

「とにかくラウル様を信じ、これをやってみよう」

ヴァンパイアの群れを見上げると、さきほどよりも近づいているようだった。

「まるで黒龍だな」

「ラウル様はひきつけてあの群れの頭に向けて、ここを押せと言った」

「そうだな」

「もしかすると、またあの炎をはく筒のように何かが出るのであろうな」

「おそらくそうだろう」

「ガルドジン様のお子は不思議な力をお持ちだ」

魂の根幹は間違いなく主のガルドジン様のものと同じ、しかし不思議な魔力の流れを感じる。

「来たぞ！」

「よし！　ポーションをかけろ！」

「分かった」

ガザムがポーションをラウル様が言っていたところにかけたのを確認して、ボタンを押した。

キュイイイイイイイ！　棒の筒が回り出し火をはいた！　群れに着弾するとあっという間に大量のヴァンパイアが燃えるように消えていく。

「凄まじいな」

我はその圧倒的な暴力に恐怖する。ヴァンパイアの群れが火になって飛び散っていった。

「あの女ヴァンパイアがおそらくはやつらの頭だ」

ガザムが何本目かのポーションを開けながら言う。

「ラウル様をどうにかして捕まえたいのであろうな」

上空ではヴァンパイアが燃えて飛び散っていた。黒龍はだんだんと短くなり、長さはすでに五メートルもないほどだった。キュィィィィィィィ！　ガチン！

「おいガザム！　出なくなったぞ！」

「ああ、このベルトというやつがなくなってしまった」

しかし、あれほど大量にいたヴァンパイアの群れもあと少しとなっている。

「ギレザム。ポーションももうない」

「分かった。とりあえずこの武器とラウル様を連れて中に戻ろう」

「ラウル！」

中に戻るとイオナ様がラウル様に寄り添う。

「大丈夫です。ラウル様は魔力切れで寝ておられるだけです」

「良かった」

イオナ様は震えながらも安心されたようだった。すると隣にいたミゼッタが言う。

「ラウルが…」

「これは…」

ミゼッタとイオナ様が、ガザムに腰ひもでつながれたままのラウル様を見て驚いていた。

「これは元始(げんし)の…」

ラウル様の体全体に痣が浮かんでいるのだった。

――――

俺は薄っすらと周りの音が聞こえていた。

「ラウル！」

《イオナが驚いて叫んでいるな》

「これは、どういうこと？」

イオナが怒ったようにギレザムに聞いているようだった。

「いえ、それが…よく分からないのです。我もたったいま気がつきましたゆえ」

《えっ、どういうこと？　自分に異常が出ているとか聞くと怖いわ。俺死ぬの？》

「きゃぁぁぁぁぁ！」

《ど、どうしたどうしたんだ？　ミゼッタか？》

「くっ！　このっ！」

「よくも私のしもべたちを殺しまくってくれたな！」

「貴様！」

ズガッ、ズ、ズズズ

「ガザム！」

《どうなった？　いったいどうなったんだ》

「ぐあ！　放せ！」

　ガザムの声が聞こえる。あ、俺ひもでガザムとつながってんだ。体に風が当たっている感覚があるが、これは外だ。感覚的には空を飛んでいるようだ。今度は落下している？

「ぐふぁ！」

　地面との間にクッションがあるように感じた。おそらくガザムが俺をかばって落ちたのだろう。腰ひもで縛(しば)ってた二人の体が離れたようで、ひんやりとした地面の感覚が伝わってくる。

「いいかげん！　その魔人の子をこっちによこせ！」

《あ、これは女ヴァンパイアの声か？》

　シュパッ！

「くっ！　しつこいね、赤髪のオーガ！」

「そっくりそのままその言葉をお前に返す！　何故、その子を狙う！」

「ふっ、そんなこと聞いてどうする！　教えるはずがないじゃないか！」

《だよね。しかし…いきなりヴァンパイアの雰囲気(ふんいき)が変わった？　何かを見て驚いている？》

「えっ…その子供？　その痣…それは？」

《なんかヴァンパイアも動揺(どうよう)しているようだ。一体俺に何があったんだ？》

「そうだ！　それが分かったのなら手をひけ！」

「なおさらひけない！　無傷で連れ帰らねば、私が滅ぼされてしまう」

「誰に頼まれた？」

「関係ない！」

「くっ！」

「あっはっはっは。ボロボロじゃないかい！　この数を相手に勝てるのかい？」

《ムカつく！　この女ヴァンパイア余裕ぶっこいてる。でも、これそうとうヤバくね？》

「ん？　死にぞこないの狼男もどきじゃないか。まだ生きてたのかい？」

「お前なんかの攻撃で死ぬわけねえだろ」

《おお！　ゴーグ生きていたか！　心強いな！　でも死ぬぞ！》

ヴァンパイアたちの声があちこちで聞こえる。

「ゴーグ！　お前の体じゃ無理だ！　下がれ！」

「コイツは俺がやるよ」

「やれるもんならやってみるがいい！」

ガキン！　ザシャー！　ズバァッ！　なんか派手な戦闘音だけが鳴り響いている。

「ゴーグ！」

「くそ！　眷属が邪魔なんだよ！」

「この子たちも私の一部だからねぇ」

ゴーグがダメみたいだ。パンパンパン!!

「ミゼッタちゃん！　もどりなさい！」

銃声とイオナの声がする。どうやらゴーグのピンチにミゼッタが飛び出したようだ!!

「イオナ様！　だめです！　マリアもさがって！」

ギレザムが絶望的な声を上げる。

「あーっはっはっはっはっはっは！」

《高笑いしてやがる。女ヴァンパイアぁ！　コイツどうしてやろうか!!》

パンパンパンパン!!　また銃声が聞こえた！　シュパ!!

「きゃあああああああ」

ミーシャの叫び声だった！　《俺の体!!　動け!!》

「やらせはしない！」

「おっとそんな簡単に動いていいのかねえ？」

「グアぁ！」

ギレザムが叫ぶ！　《動け動け動け動け！》

「きゃあああ」

「ミゼッタ！」

ゴーグが叫んだ！　《動け動け動け動け動け動け動け動け動け動け動け動け動け動け！》

「えっ？　ラウル？」

「ラッ、ラウル様？」

「ラウル様どうして？」

「ラウルぅ？」

《ん？　女性陣が、みんなが俺を呼んでいる？　いや…怖がってる？》
「ガザム、ゴーグ！　皆をつれてお逃げしろ！」
「グぅ！」
「がはぁ」
「ラウルを置いていってはダメ！」
「ラウル様も連れていって！」
「ラウル様を先に！」
「ラウルを置いていかないで」
《そうか俺を敵に渡して逃げる作戦かな？　うん、それでもいいよ。みんなが助かるなら》
「なに！」
《ん？　ヴァンパイアが何かに驚いているようだが、他にだれかいるのか？　誰だ？》
ダムダムダムダムダムッ!!!　ドゥバ――――ンブゥワアアアアア！　ズガガガガガガガ！
《なんだ？　爆発音や射撃音やいろんな武器の音が混ざってる気がする？　こんなに武器出したっけ？　体が熱っいぞ！　なんだ？　誰だ？　誰が攻撃しているんだ!?》
ぎゃるぁひるぅうううぅぁあああ!!
《えっ!?　なんか変な叫び声がする！　新手か？　万事休すか!!》
一気にあたりがシーンとした。
《目覚めろ目覚めろ目覚めろ!!》

ようやく薄っすら目を開けることができた。

《やった！　目覚めることができた！　とにかくみんなで逃げるんだ》

俺の目の前には火の海が広がっていた。顔が炎で照らされて熱い。そして俺は空にいた。

「なんだ？　これ？」

爆撃されたような焦土。あちこちえぐれたクレーターとヴァンパイアの子分どもの残骸（ざんがい）。

《ん？　なんじゃあぁこりゃあああ。俺の腕が！》

ＭＫ19自動擲弾銃（てきだんじゅう）が生えてる！

グレネード弾40㎜×53㎜擲弾を連続で射出する武器だ。いわばグレネードのマシンガンで、集団で行動する敵に対して実に有効な兵器だ。さらに両肩にＭ１３４ミニガンがのってる。
《えっ！　なんだよこれ！　体から武器生えてんじゃん！》
腰からＡＴ４ロケットランチャーが生えてる。
《ちょっ！　ロボットアニメじゃないんだから！　見える見えるぞ！　私にも…じゃなくて！》
俺の体が自然と下に降りて地面に着地した。目の前にはあの貴族風女ヴァンパイアが跪（ひざまず）いて首（こうべ）を垂れている。その後ろにもう一人のヴァンパイアが同じように跪いている。ギレザム、ガザム、ゴーグまで跪いていた。イオナとマリア、ミーシャ、ミゼッタは倒れていて動かない。
《母さん！　マリア！》

俺は思わず叫ぼうと思ったが聞こえた声は…

「るぎゃぃひるぅぅぅぁぁあるぅぅいぃいぃ！！！！」

《ん？　なんだ⁉　これ俺の口から出てる？》

俺がイオナのもとに行こうとした時、急激に意識が遠のいて暗黒に引きずりこまれていった。

「ラウル様！」

ギレザムの声だけが鮮明に聞こえていた。

う…うう…。完全に意識がとんでいたようだ。少しずつ目覚めギレザムの声が聞こえてきた。

「ラウル様！　ご無事で何よりです！」

気が付くと、M93フォックスの周りに皆が横たえられている。

「ギレザムがヴァンパイアをやっつけたのか？」

「いえ、ヴァンパイアを殲滅(せんめつ)したのはラウル様です」

…どうやって？

「お目覚めでございましょうか？」

「ん？」

女の声がして振り向くと、あの貴族風女ヴァンパイアともう一人が跪いていた。

《うっうわ！　ぶっ武器を！　ヴァンパイアだ！》

おれが慌てていると貴族風女ヴァンパイアが言う。

「落ち着きくださいませ！　私に叛意はございません」

「お、お前は？」

「私奴などには、あなた様へ語るような名などございませぬ」

俺は改めて周りを見渡した。女性陣はみな横たえられているが寝息を立てていた。どうやら無事なようだった。ガザムとゴーグが肩で息をし瀕死の重傷、ギレザムが俺のそばにいた。

《ギレザムはタフだな》

「これはどういうことだ？」

「魔人は全てすばらしき、あなた様に従うよう魂が定められておりますゆえ」

「なんだそれ？　そうじゃなくて、俺の家族は無事か？」

「はい、もちろん無事でございます」

「そうか！」

《あ!!　そういえば、俺の体!!　どうなった!?　武器がにょきにょき生えまくっていたんだっけ!!　すっげえグロテスクだったぞ！　気持ち悪すぎ！　てか…消えてる。良かった…》

「こいつらは？」

「ヴァンパイアでございます」

「そりゃ、見りゃ分かるっ！　なんでこいつらおとなしくしてんの？」

するると、今度は貴族風女ヴァンパイアが答える。

「これまでの非礼をお許しください。私奴はこのまま朝を待ち炎に焼かれて消滅いたします！

それがせめてもの罪滅ぼしでございます」

「ん？　ギレザム？　この人どうしたの？」

　するとギレザムじゃなくヴァンパイアが答える。

「あなた様が元始の魔人であることも知らずに、命令とはいえ鉾をむけてしまったのです。死よりほかに謝罪のしようがございません」

「元始の魔人？　どういうこと？」

「はい。我々はあなた様のお目覚めと共に、魂の系譜による連結がなされました。すべてはあなた様の仰せのままに」

「目覚め？　俺の言うまま？」

「はい」

《どういうことだ？　元始の魔人ってなんだよ？　よくわかんねえ》

「ギレザム、あれからどのくらいたったんだ？」

「まだ半刻ほどかと」

「えっと、おまえ…なんて呼べばいい？　なんて名だ？」

　話をするのに不便なので、貴族風女ヴァンパイアに名を訊ねる。

「あなた様に名を名乗るなど、私にはとてもとても」

「いいから、言えって」

「はい。寛大な御心に感謝いたします！　私奴はシャーミリア・ミストロードと申します」

「で、そっちは？」

もう一人の女ヴァンパイアが頭を地面にこすりつけてひれ伏していた。

「これは私奴の眷属にございまする。あなた様のお耳を汚すようなまねはできかねますゆえ」

シャーミリアが俺に頭を下げて言ってきた。

「面倒だから、お前自分の名前直接言えよ」

「マ、マキーナにござりまする！」

地面に顔がついている。

「ちょっと顔をあげてくれよ。話しづらいからさ」

「ご勘弁くださいまし！　あなた様のお目を汚してしまいます！」

「あーもういいから頭上げろ！」

「は！　はい!!」

後ろのヴァンパイアが頭を上げた。美人だった。シャーミリアと同じように顔は真っ白で唇だけがやたら赤い、切れ長でシャープな顔立ちのクールビューティーだった。

《ヴァンパイアってのは美人がおおいのかね？》

「シャーミリア、ちょっと聞きたいんだけど、お前ら前の村を全部屍人にした？」

「はい、もちろんでございます！　私が全てアンデッドにいたしました！」

「もちろんって…そんな誇らしそうに…なんでだよ？」

「オーガが人間を連れて旅をしているのを察知しまして、オーガの力を削るために村全体をアンデッドにして罠を仕掛けたのでございます！」

　罠の為に村の住人を全てアンデッドにするとか、やっぱり魔人は人間とは相容れぬようだ。

「どうしてオーガが旅してるのを見つけたんだ？」

「グラドラムからずっと追跡しておりました。いずれ見つけられるだろうと」

「グラドラムから？　だれの指示でやった？」

「ルゼミア王にござりまする」

　ここで、やっとガルドジンに惚れて、俺を連れ去ろうとした張本人の名前が出てきた。

「なんて言われてきたんだ」

「オーガがつれた魔人の子を捕まえてこいと」

「なんでそんなことするんだ？」

「はい。ルゼミア王はガルドジンという魔人に恋心を寄せておりますゆえ、その子を攫ってくれば自分のもとへガルドジンが来てくれるとおっしゃっておりました」

《えー！　やっぱり私的な問題？》

「わかった。とりあえずそこに座ってろ」

「はい！」

「ギレザム！　ガザムとゴーグはどうだ？」

「かなり傷を負っておりますが、死ぬことはないと思います」

「そうか！　それならよかった」

「このヴァンパイアたちはいかがなさいましょう？」

《どうしよう。こちらに死人はいないし。というか俺の実の親父が原因の半分なんだよな？》

「お前たち、ここで死ぬくらいなら俺の為に働けよ。その力を俺のために使え」

「私どもがあなた様の配下に？　そ、そそ、そんな滅相もございません！」

　シャーミリアがうろたえるように頭を地面につけてずりずりと後ずさる。

「ギレザム。こいつを配下にしたいんだが、いいかな？」

「はい、あなた様がそうおっしゃるのであれば全く問題はございません」

「ギレザム。そのあなた様というのやめて、前のようにラウルと呼べよ」

「はい、ラウル様」

《俺は何も変わっていないのに、魔人たちのこの怯えようはなんなんだ》

「ってわけで、お前たちヴァンパイアは俺の配下な！　わかったな！」

「なんという慈悲深き御心。私共があなた様の配下だなどと、使い捨てていただいて結構でござりまする。なにかのお役に立つことができるのならば本望でございます」

　シャーミリアが頭を地面につけたまま、さらにずりずりと後ずさった。

「お前たち、太陽に当たると燃えるんだよな？」

「左様にございます」

「なら、まずあの車に乗ってもらう」

「分かりました」

「母さんたちはどうして気絶してるんだ？」

　ギレザムに聞く。

「元始の魔人の叫びを直接聞いてしまいました。通常の人間であれば死ぬこともありますが、ラウル様のお出しになったこの耳に詰める物のおかげで命拾いをしたのだと思います」

《というか俺が殺してしまうところだったの？　そりゃないよ》

「とにかく、彼女らを車に乗せよう」

　イオナたちを車内に運び、イオナだけは床に横たえさせる。さすがにお腹が大きくて締め付けるのは良くないと思ったからだ。

「ガザム！　ゴーグ！　歩けるか？」

「はい」

「大丈夫です」

「ギレザム！　ゴーグに肩を貸してやれ！」

「は！」

　俺はガザムのそばに寄って肩を貸す。

「じゃあお前らも乗って床に座ってくれ。ちょっと太陽対策をするから」

「「かしこまりました」」

　ヴァンパイア二人が床に座り、おれは遮光性(しゃこう)のある米軍テントを召喚する。

「お前たちはこれで完全に体をくるんどけ」

「かしこまりました。あなた様の導きに従います」

シャーミリアとマキーナは俺からテントを受け取った。

「一応言っておくけど暴れるなよ！」

「滅相もございませぬ。あなた様の大切な方々を守ることこそすれ暴れるなど」

《さっきまで、さんざん痛めつけてくれてたのに？》

「分かった。ガザム！　ゴーグ！　ボロボロのところ悪いんだけど、一応見張っててくれ！」

「分かりました。何かの時はどうします？」

「まかせる。俺じゃどうしようもないしな」

俺がそんな会話をしていると、シャーミリアが震えながら言う。

「あなた様に背くなどあり得ませぬ。末席に加えられただけでも光栄にございまする！　何卒ご安心くださいますようお願い申し上げまする！」

「分かったよ。とりあえず日が出てきたら、それかぶれ」

ギレザムしか動ける者がいない。M93フォックスの操縦はギレザムにしてもらおう。

「あのーギレザムも、お疲れのところ悪いんだけどさ」

「いえ、我は疲れてなどおりませぬ！　ラウル様のお言葉を遂行するだけでございます」

「じゃ、こっち来て」

ギレザムはデカい体をM93フォックスの運転席に押し込んだ。

「いいか？　ギレザム！　これが、左右に曲がるときに使うやつ。そして足元を見るといちばん端がこれを進めるやつ、そしてその隣がこれを止めるやつだ。じゃあエンジンをかける。グラドラムの方角は大丈夫だな？」

「問題ありません」

「じゃあ、進むほうのペダルを踏んでくれ」

M93フォックスは夜の草原を走り始めるのであった。


約六時間ほど走り続けて朝になった。

「ラウル様、まもなくグラドラム国境にございます」

「もう着くのか」

「はい、この乗り物は速いですね。馬車ならもっと時間がかかるはずでした」

「ギレザム。流石にこれで国に入れないような気がするんだが？」

「まあ目立ちますでしょうな。このような凄い乗り物など見たことはございません。ですがラウル様に文句を言うようなものがいれば処分しますゆえ、ご安心ください」

《いや！　ご安心できねぇ～！　そんなことで処分しちゃだめ！　敵ならいいけど。ともあれ国境を越える時には念のため全員徒歩のほうが良いような気がする》

「ギレザム、この乗り物を人に見つからないように捨てたいんだけど、火山とかない？」

「こんな素晴らしい物を捨てるのですか？」

「ああ、実はそろそろ燃料というものがなくなって動かなくなるんだよ」

「そういうことですか。しかしこれより国境までは火山も湖もありません」

「じゃあ、このへんに森はあるかい？」

「あります」

「そこに向かおう」

ギレザムがハンドルを右にきって草原に入っていく。しばらく走っていると森が見えてきた。

「あそこです。魔獣道があるようです」

「停めてくれ」

M93フォックスはその森にあった魔獣道の入り口で停まった。大木が折れて道ができたようになっている。ロードローラーでも通ったように、木も地面にめり込んでいてここなら通れそうだった。

「ギレザム。これが魔獣道？　この広範囲の倒木の跡はなんだ？」

「はい。これはおそらくレッドヴェノムバイパーの通った跡です」

「レッドヴェノムバイパーってなんだ？」

ギレザムが車を降りて木にひっかかった塊(かたまり)を持ってくる。デカいウロコだが禍々(まがまが)しい赤だ。

「これがウロコです」

「ウロコがこんなにデカイの!?」

俺の顔よりもずっとデカイ。

「巨大な毒を吐く大蛇です。この大きさですと、ここら一帯の主かもしれません」

「そうとうデカいな」

「はい、ただしかしその巨大さよりも毒が厄介です」

「このレッドヴェノムバイパーが通った道を進んだらどうなる？」

「森の奥には入らぬ方が良いかと思われますが」

なるほど、オーガとはいえかなり厳しい森なんだな。

「まずはみんなを起こすか」

俺は後方にまわり後部ハッチを開ける。冷たい空気が車内に入り込む。

「ヒッ！」

《あ、ヴァンパイアが軽く悲鳴を上げた？　日光か？》

俺はとりあえずハッチを閉めて中に入り込んだ。

「わるいな」

「い、いえ。私奴どものことなどお気になさらずに」

シャーミリアが震えながら答える。

「マリア」

俺はマリアの肩に手を当てて軽く揺らす。

「…はい」

マリアが薄っすらと目を開けて俺を確認した。すると急に目をパチクリとさせて飛び起きる。

「ラウル様!!　大丈夫ですか？　お怪我はございませんか？　ヴァンパイアはどうなりまし

た？」

「ああ、ヴァンパイアは殲滅したよ。二人ほど味方にした」

「味方に？」

マリアは言われていることが分からないようだった。

「マリア、びっくりすると思うけど、そこにある布にくるまれてるのがヴァンパイアだ」

「えっ？」

「大丈夫だよ」

「大丈夫？　そうなんですか？」

言ったあとマリアが俺をじーっと見ている。

《なんだ？　恥ずかしいな、照れるじゃないか》

「あのラウル様…また大きくなられましたよね？」

「そう？」

「はい。あと言葉遣いが、いや見た目も男っぽくなったというか」

確かに変な感覚だ。なんか知らんが暴力的な気持ちが芽生えてきたみたいだ。

「自分でも強くなった感じはする」

「体つきが全く違います」

「そうか…」

自分では鏡に映してみないと分からない。すると他の人たちも起きてきた。

「ラウル？　あなたなんだか大きくなったわね？」

「母さん、なんか変なんだ。体が熱くてさ」

「ふふっ、言葉遣いもなんだかいいわ」

イオナは破顔した。なんか超美形にこんなに屈託のない笑い方をされると癒される。

「あれ？　なんだかラウル様が？」

ミーシャも俺の変化に気が付いたらしい。

「ラウル様、魔力が凄まじいですね。やはり元始の魔人の生まれ変わりなのでしょうか？」

ガザムがポツリと言う。

《いや俺は、高山淳弥三十一歳ミリオタで童貞の冴えないサラリーマンの生まれ変わりだよ》

「ギレザム。ここは危険かな？」

「逆にレッドヴェノムバイパーがいることで他の魔獣が寄り付きません。夜までは安全です」

「レッドヴェノムバイパーも来ない？」

「やつの活動時間は夜です」

「ならよかった。じゃあここにテントを張ろう！」

M93フォックスを降りて俺は拠点用の軍事テントを召喚した。三十平方メートルに及ぶ軍隊の拠点などに使われるテントで、全員が入れる大きさがある。森のそばに設置するため迷彩柄を召喚した。

「いままで乗ってきた車はそろそろ燃料というのが切れて動かなくなる。いったんグラドラムの国境まで徒歩で進もうと思うんだが、M93フォックスを処分したいんだ。三十日あれば消えるけど追手がきて見つかるのを避けたい。この森の中なら投棄して大丈夫かな？」

「こんなレッドヴェノムバイパーの巣に人間は寄り付かないと思われます」

「よかった、ならここに置いていく。それと…ヴァンパイアをどうしようかと思う」

「ヴァンパイアをですか？」

「せっかく配下になったんだからなんとかしたい。日光を浴びれば消滅してしまうんだろ？」

「あいつらに聞いてみねば分かりません」

ギレザムにも答えが見つからないようだった。

「じゃ、直接聞いてくるよ」

俺はギレザムと一緒にM93フォックスに乗り込んだ。

「おい、起きてるか？」

「は、はい。大丈夫でございます」

遮光(しゃこう)テントをかぶったシャーミリアが答える。

「この乗り物を処分しなければいけないんだよ。俺たちは足で国境を越える。そこでお前たちをどうするか？　助けたいんだが方法が見当たらない」

「邪魔であれば、お見捨てになっていただいて結構でございます。このまま消滅します」

「だーかーらー！　俺は助けたいんだって。せっかく俺の配下になったんだからさ」

「なんという御心の広さでございましょう。私奴が迷惑をかけておりますのに！　それでは、ラウル様の血を少々いただけませんでしょうか?」

「血を?」

「私どもは血の匂(にお)いがすれば、どこにいても駆けつけることができます」

「なるほど。じゃあちょっと待て」

俺はコンバットナイフを召喚し握ってスッと刃をひく。ぽたぽた手から血が滴(したた)り落ちた。

「ふぅぅぅうぅぅぅ」

「しゃはぁぁぁぅぅうっぅ」

テントの下で何か凄く怖い息をはく音がする。

「おい、正気をなくしたりしないでくれよ」

「ラウル様に何かすれば斬るぞ」

「大丈夫です」

「私も大丈夫にございます」

俺はテントの隙間(すきま)から手を突っ込んで血を滴らせた。

「ああ…なんという」

「はぁ、はぁ。すごいですぅ」

二人のテントからぴちゃぴちゃという音が聞こえる。俺の血を舐(な)めているようだ。

「どうだ? 覚えたか?」

「はい。なんという甘美な、貴方様(あなたさま)の血をわけていただけるなど!」

「私のような下僕にまで！」

「で？　どうすればいい？」

「私たち二人をこれにくるんだまま地面に埋めてください」

「えっ？　埋めて大丈夫なの？」

「本来は寝床がありますが仕方のない時は地面下に眠ります。気兼ねなく埋めてください」

「分かった。いったん穴を掘るから待ってろ」

「深めにお願いいたします」

「分かった」

　M93フォックスを降りた俺は、陸上自衛隊用のスコップを五本召喚した。

「マリア！　ミーシャ！　来てくれ！」

　二人が来たので穴掘りを開始する。

「それでは穴を掘りたいと思う！　ギレザム！　ガザム！　マリア！　ミーシャ！　掘りかたはじめ！」

「よーし！　掘りかたやめーい！」

　オーガの掘り進むスピードはユンボ並みで、一気に三メートルくらいの深さになった。

「「「「はい！」」」」

「みな穴から出ろ！　ギレザム！　あいつらをここへ放り込め！　急げよ！　焼けちゃうからな」

「は！」

オーガたちがテントにくるまれたままヴァンパイアを穴に放り込む。

「土をかけろ！」

「「「はい！」」」

俺たちはみんなでテントにくるまれたヴァンパイアに土をかけていく。

《なんか…二時間ドラマの死体遺棄シーンみたいだ。悪いことしてる気になってくる》

ヴァンパイアをきちんと埋め、次はM93フォックスを森の中に捨ててくることにした。

「じゃあ行ってくるよ」

「ラウル、気をつけて」

「分かったよ」

レッドヴェノムバイパーの通り道に沿って、M93フォックスを一キロくらい進める。

「ギレザム、このあたりに停めよう」

「はい」

車を停めて二人で降りた。

「しかしすごいな、この通り道」

この感じ。前世のアニメで見た、腐った森を進むでっかい昆虫の通った道のようだ。

「じゃ、行くか」

「…ラウル様！　すぐに逃げましょう！」

「えっ？　何から？」

「やつが来ます」

「やつって？」

「レッドヴェノムバイパーです。怒ってます！」

「え！　うっそ！　なんで？　夜行性じゃないの！」

俺とギレザムは一目散にみんなのいるところまで走る。

「ガザム、ゴーグ！　みんなを連れて森からできるだけ離れろ！」

ギレザムが叫んでいる。

「どうした？」

「レッドヴェノムバイパーが来るぞ！」

「なに!?」

「毒を撒かれたらまずい！　皆様をお守りするのだ！」

「わかった！」

ゴーグが出てきて急激に力み始め、身震いし始める。

「うっうがぁぁぁぁ」

ゴーグの体が膨らんでいき、爪が出て、顔も鼻も突き出てきた、留め具が外れ鎧が全て落ちる。特殊メイクのようにどんどん変わっていった。ゴーグはあっというまに銀のたてがみのでっかい狼になり、イオナの前に伏せの体勢をとる。

「乗ってください」

ギレザムが言う。

「分かったわ」

「ミゼッタも乗れ」

「は、はい！」

ゴーグの背中にイオナとミゼッタが乗る。

「ミーシャは私のほうに来てください」

ガザムがミーシャを呼んでおんぶする。

「マリアは我に！」

マリアがギレザムにおぶさる。

「走れ！」

俺が号令をかけると皆一目散に草原の街道のほうに走り始める。魔人の速力は凄まじい。

「街道が見えてきた！」

ミゼッタが大きな声で教えてくれる。

「いったん止まれ！」

俺が言うとギレザムとガザムが止まり森のほうを見る。特に何もなさそうな気はするが…バグーン！　森の奥の木が吹き飛んで宙を舞い、巨大な蛇が鎌首をもたげてやってきた。

「来た！」

「マリア！　ミーシャ！　ふたりはここから走ってくれ！　ギレザムとガザムはここで俺とあいつを食い止めよう！　ゴーグはそのままみんなを連れて走れ、彼女らを守ってくれ！」

「分かりました！」

「ラウル様を置いてはいけません！」

マリアが叫ぶ。

「大丈夫だ。足手まといにならないようにできるだけ離れてくれ」

「わ、分かりました」

二人を乗せたゴーグとマリア、ミーシャが走り去っていった。

「ラウル様も行ってください！」

ギレザムが言う。

「俺は少し離れたところから援護する」

「分かりました。毒の範囲からなるべく離れてください。我々でも無事ではすみません」

「分かった」

俺は彼らから百メートルくらい後方に移動する。バガーンという音とともに大木をまき散らして、レッドヴェノムバイパーが森から飛び出してきた。怒っているのが伝わってくる。

「デカ！」

胴回りがジャンボジェット機ぐらいある。赤に黒のまだら模様が禍々(まがまが)しくてまさに毒蛇という感じだ。むこうもすでに俺たちを見つけているらしい。

「怒りで我を忘れてるんだ……」

なんて、んなことといってる余裕はない。すでにギレザムとガザムがレッドヴェノムバイパーと交戦しはじめた。鎌首をもたげてギレザムとガザムを振り払うように暴れている。

「よし！」

俺が召喚したのは、

バレットM82A1　対物狙撃銃

おそらく相当な皮の厚さだと思うが、これなら貫通してくれると信じて呼び出した。腹ばいになり徹甲弾を召喚して装塡し、スコープに目をつけて照準を合わせる。動き回っているが胴体がデカいので命中はさせやすそうだ。オーガたちが細かく切りつけているらしいが、ほとんど傷を負わせられてない。紫色の唾液のようなものをはきだしているがあれが毒なんだろう。

「んー？　どこ狙おう。鎌首もたげて暴れてるから頭には当てづらそう。とりあえず胴体に」

俺はバレットM82でレッドヴェノムバイパーの胴体に狙いをつける。四百メートルくらいの距離なので全く問題なく当たるだろう。ズドン！　ズドン！　ズドン！　反動が大きい分威力も大きい。レッドヴェノムバイパーが叫び声をあげてバタバタと暴れているのが見える。

「なるほど、皮は貫通するらしいし痛いみたいだ。でも死にはしないか」

ギレザムとガザムは、レッドヴェノムバイパーが暴れているので近づけなくなったようだ。

「よし、じゃあもう一回」

ズドン！　ズドン！　ズドン！　ズドン！　連射してみる。一発ごとに体の芯に響くような反動だ。

グァァァァァアアア
「あ、やっぱり痛いんだ」

レッドヴェノムバイパーがのたうちまわり始めた。スコープを覗（のぞ）いてみると鎌首をもたげて…こっちを見てる？　目が合った…こっちに向かって猛スピードで進んできた！

「やっべぇぇぇえ」

鎌首をもたげてこっちに向かってくる！　俺はバレットを担（かつ）いで走り出した。

「速っえええええ」

俺が武器召喚で呼び出したスマート地雷がそこいら中にばらまかれていく、俺が通った後をレッドヴェノムバイパーが通ると、スマート地雷が爆発していくのが爆竹ほどの威力だった。

「うわぁぁぁぁ」

するとギレザムとガザムが追いついた。レッドヴェノムバイパーに飛びかかって刃を突き立てる。レッドヴェノムバイパーが止まって彼らを振り落とそうとするが、胴体に深く突き刺した刀がそれを許さなかった。俺はバレットを捨ててブローニングM2重機関銃を召喚する。ガガガガガガガガガ！　血しぶきを上げて首元の皮が飛び散る。

「グギャァァァァ」

《また俺をにらんでる。この中で一番の脅威と思われているらしい》

レッドヴェノムバイパーが口を開けてこっちに顔を向ける。ジュバ！　紫色の液体がこっちに飛んでキタ！

《あっ、死んだ…》

シャッ！　俺は空中を飛んでいた。ギレザムに担がれて空中を飛んでいたのだった。

「ラウル様！　あいつが毒を吐く瞬間を狙いましょう！」

「よし」

俺はロケットランチャーを召喚した。ギャオォオォォオオ！　レッドヴェノムバイパーがこっちをにらむ。そして鎌首をもたげて俺のほうに向いて口を大きく開けた。

「ここだ！」

俺はAT4を肩に構えてレッドヴェノムバイパーの口の中にロケットランチャーを打ち込んだ。バシュゥウボズゥウンッ！　口から入ったロケットはレッドヴェノムバイパーの後頭部をはじけさせて脳漿を飛び散らせた。動きを止め、ぐらりと倒れてくる、ズゥウウン！　頭に大穴を空けて倒れた。

「ラウル様！　大丈夫ですか？」

「あ、ああ！　これ死んだの？」

「はい」

俺はまた、自分の体に力がみなぎるのを確かに感じ取っていた。旅客機みたいな太さの蛇が

死んでいる。長さはざっと見積もっても百メートルはある。

「ギレザム？　この蛇どうしような？」

「はい、ラウル様、まず魔石を取りましょう」

「魔石？　なにそれ」

「魔獣の核となるものです。いろいろな使い道がございます」

「えっ？　魔獣ってみな魔石を持ってんの？」

「魔獣なら持っています」

「レッドベアーにもある？」

「ええ、あると思いますよ」

《え！　そうだったのか！　知らんかった！　マリアとミーシャで解体してもらったしな…》

「ファングラビットには？」

「小型の魔獣にもありますが、もろくてすぐ砕けます。レッドヴェノムバイパーとなれば素材としても超高級品となるはずです。我も内陸での相場などは分かっておりませんが、強い魔獣になればなるほどそのウロコや皮、肉は貴重なものです」

《こんなバカでかい魔獣の肉ってどうやって運べばいいんだろう？》

「とりあえず。魔石取れる？」

「我がレッドヴェノムバイパーの魔石を取り出します」

ギレザムはレッドヴェノムバイパーのウロコをはがして肉を削りだした。すると、いきなりギレザムが上半身をズボッとレッドヴェノムバイパーにつっこませる。

「うぇ！」

俺がひいているとさらに体を押し込んで腹に入ってしまった。すると割れた腹から何かが出てくる。ズッ…ズズ…少しずつ姿を現していく。半分くらい出たところでゴロンと転がり出てきた。軽自動車より小さいくらいの紫色の岩は、内部から鼓動する様に光り輝いていた。

「これが魔石です」

「光ってる」

「かなり大きいですね。魔力が秘められております」

「凄いな」

「ええ、森の主でしたからね」

「珍しいんだろうな」

「かなり」

それよりも気になることがある。ギレザムが血と脂でぬとぬとのべちょべちょだ。生臭くなってしまった。彼はぬたぬたになりながら隣で凄いでしょう！　みたいなドヤ顔をしている。

女性陣はみんな、顔に斜線が入ったようになって、うへぇ～ってなってた。

「あの…母さんにお願いがあるんだけど」

「なあに、ラウル？」

「母さんの水魔法でギレザムを洗いたいんだけど、頼めるかな？」

「ええ、いいわ」

「我はなにも問題ございませんが？」

「いや、俺たちに問題あるんだよ」

「も、申し訳ありません」

「洗ったら、これに着替えろよ」

俺は陸上自衛隊の迷彩戦闘服Ⅱ型を出した。

「お気遣いありがとうございます！　では！」

ギレザムは女性陣がいる前でガバッと服を脱ぎ出した。イオナは堂々とギレザムを見ているが、マリアとミーシャは赤い顔をして後ろを向いた。ギレザムは腰布一枚になった。筋肉量が凄すぎる、グラム父さんとは比較にならないほど多い。

「マリアとミーシャも見てみろよ！」

俺がふたりに促すと同時に答えた。

「「結構です！」」

いつの間にか人間に戻ってたゴーグがケタケタ笑っているが、ゴーグは裸で首に鎧がぶら下がっているだけで、下にもぶら下がっている。

「きゃあ！」

ミゼッタが赤い顔をした。

「おいおい！」

「変身すると服が破れちゃって」

「じゃあ、お前もこれ着ろよ」

俺はゴーグにも陸上自衛隊の迷彩戦闘服Ⅱ型を出してやった。イオナはギレザムに水を浴びせていく。水で汚れがおち…水圧で腰布も落ちる…おおう！

「イオナ様、洗っていただいてありがとうございました」

洗い終わったギレザムが水気を切って、俺が出した陸上自衛隊の迷彩戦闘服を着てみた。オーガが自衛官の服を着るというシュールな絵面ではあるが、さまになっている。ゴーグも迷彩戦闘服を着たが…なんというか、可愛い。そして俺は、戦闘服を召喚した時にあることに気が付いた。武器データベースが、兵器の種類ごとに一覧になっていてレベルが記されている。

陸上兵器LV3　航空兵器LV0　海上兵器LV0　宇宙兵器LV0　攻撃兵器LV4　防衛兵器LV1　大量破壊兵器LV1　核兵器LV0　生物兵器LV0　化学兵器LV0　光学兵器LV0　音響兵器LV2　対人兵器LV4　対物兵器LV3　非致死性兵器LV1　基地設備LV2　備品LV2

《おお！　こりゃすげえ！　レベルが分かるようになっている。いままで使用した兵器の使用頻度に関係しているのか？　てか…レベルってそもそもいったいなんだ？》
「ラウル？」

イオナの声で我に返った。

「あ、はい。母さん」

「びっくりしたわ。急に動かなくなるから。大丈夫？」

「ごめん考え事してた」

「とにかく、そろそろ先に進む準備をしましょう」

「じゃあ俺、変身します」

「えっ！　ゴーグ！　ちょっと待って！　テントの中に入って」

「はい」

俺とゴーグが二人でテントに入り込みしばらくすると、テントが盛り上がりばらけてしまった。中から狼形態のゴーグが現れる。迷彩戦闘服を脱がせたのだが召喚して損した。

「それではまいりましょう」

ギレザムがそのまま行こうとするので、また俺が声をかける。

「ちょーっとまった!!　レッドヴェノムバイパーをそのままにしていくわけにはいかないし、もったいないから採れるものは採っていこう」

「それもそうですね」

俺とギレザムとガザムがうろこをはがして皮をはぐ、それを狼ゴーグがくわえて離れた場所に運び、マリアとミーシャがそろえて置いていく。俺はロードキャリングラージサイズリュックサックを三つ、パトロールバッグを二つ召喚した。米軍が背負ってる馬鹿でかいリュックと、それのコンパクト版だ。バッグにパンパンに詰まったので、そろそろレッドヴェノムバイパーを処分しようと思う。大きな魔石は自衛隊用リヤカーを召喚して引っ張ることにした。

「よし！　じゃあこのレッドヴェノムバイパーの周りにこれを置いていってくれ！」

俺は、C4プラスチック爆弾のダンボールを二十箱、TNT火薬二十箱を召喚する。

「これをレッドヴェノムバイパーの体にそって等間隔で置いていってほしい」

ギレザムとガザムと俺で、箱を等間隔に並べていく。

「よーし！　こんな感じで良いだろう」

起爆装置と遠隔用のスイッチを召喚して、C4爆薬に信管を差し込んだ。

「じゃあみんなこのバッグを背負って！　小さいのはマリアとミーシャがおねがい」

「「分かりました！」」

「ではイオナ様とミゼッタはゴーグの背中に」

レッドヴェノムバイパーの死骸から五百メートルくらい離れ、みんなに指示を出す。

「止まってくれ！」

全員が止まって俺を見る。

「じゃあみんな、その場に伏せてくれ」

腹ばいになって伏せる。ゴーグはイオナとミゼッタの盾になるようにかぶさってくれていた。

「点火！」

俺は点火ボタンを握りしめる。ドン!!　レッドヴェノムバイパーが綺麗に列になって爆破された。

《あーこれ見たことある、巨大な鉄橋の除去作業の映像で爆破して落としてるやつ》

レッドヴェノムバイパーがバラバラになったのを見届けて、再び出発するのだった。

それから二日ほど行軍を続けた。結局ここまでは敵に遭遇することはなかった。こんなことなら車両で来ても良かったと思うが、何があるか分からないのでそれはそれで仕方がない。

「そろそろ、国境付近に差し掛かります」

ギレザムが教えてくれる。

「ようやくたどり着いたか」

「ん？　ちょっと待ってください」

ギレザムがみんなをとめた。

「なにか様子が変です」

「どうした？」

オーガ三人で目を凝らして前方を見ていた。俺は軍用双眼鏡を召喚してオーガたちが見ている方向を見た。どうやら国境付近に小さい布テントみたいなのが多数あった。

《プレートメイルの騎士がいる。あとは！　四本足の鳥みたいなやつが五匹もいる！》

「ギレザム！　これを覗いて確認してみてくれ！」

俺は軍用双眼鏡をギレザムに渡してみてもらうことにした。

「あれは、グリフォンですね。魔獣の気配はあいつらでしたか。なぜ人間などと一緒にいるのでしょう？　まるで飼われた馬のようだ」

ギレザムはガザムにも軍用双眼鏡を渡した。

「本当だ。なぜ誇り高いグリフォンが人間に付き従っている？」

「ギレザム、あれはグラドラムの国境警備隊か何かか？」

「いえ普通ならば、あの木の小屋に一人か二人の見張りがいる程度で、それほど人がいるわけではありません。まして魔獣を従える人間などグラドラムでは見たことがありません」

「そうか。ならあそこにいるのはグラドラムの兵じゃないってことだな」

「はい。グラドラムの国境にプレートメイルの兵士などはいません」

ギレザムが言うのを聞いて確信する。これ、間違いない。

「母さん、待ち伏せだ」

「そのようね」

俺はみんなに号令をかけて集合する。

「母さん、敵の先回りできる理由はあの鳥の魔獣のせいじゃないかな」

「間違いなさそうだわ。敵の動きが早いのは飛んできたためね」

「母さん、これであそこに立っている旗の紋章を見て」

俺は敵陣の周りに立ててある旗をイオナに確認してもらう。

「あれはバルギウス帝国の紋章よ」

はい、確定！　俺は軍用双眼鏡でまた敵陣を索敵してみる。するとグリフォンと呼ばれた五匹の魔獣だけが全部こちらを見ているようだ。こころなしか目が合ったような気がする。

「ギレザム。グリフォンがこっちを見てるけど」

「おそらくラウル様に気がついております」

「俺にか？」

兵士たちは座ってカードに興じていたり、何かを飲んだりしているようだ。

「人間たちは気がついていないみたいだな」

「さすがにこれだけ離れれば人間には無理でしょう」

「ラウル、私たちもこれを使わないとまったく見えないわよ」

「母さんとミゼッタはゴーグに乗ったまま、俺たちの後方五十メートルに待機し草原に隠れて。ギレザムとガザムとミーシャはそのまま右の草原に入れ！　俺とマリアがここから攻撃する！」

これは戦闘訓練のチャンスだ。弱い俺たちはオーガに頼り切らねばならない、自分たちのチームでも戦えるように戦闘形態を確立させておこうと思う。

「ギレザム、もし敵がきたら俺たちを守ってくれ。危なくなるまでは手を出さないでほしい」

「わかりました」

俺は12・7㎜M2重機関銃を召喚する。

「ミーシャ、これの撃ち方は分かるね？」

「はい」

「やつらの魔獣が来たら撃っていいよ。当たれば儲けもんだし当たらなくても牽制になる」

「分かりました」

「敵の状況はこれで確認を」

ミーシャに俺の軍用双眼鏡を渡す。三人は草原の方へと歩いていった。

「マリア！　敵の様子は？」

「まだ気がついてません」

「攻撃が届く距離まで前進する。身を低くな」

「はい」

俺たちは体を低くして前進し敵から四キロほどの距離で止まる。

「じゃあ二人でここから攻撃する」

「こ…こんな遠方からですか？」

無理もない。肉眼ではほとんど捉えられない距離だ。何故かあちらのグリフォンが俺に気がついているらしいが、人間に動きはないようだった。

「マリア、これを」

俺はマクミランＴＡＣ－50スナイパーライフルを召喚した。

「地形的には敵よりこちらの方が高い。それが証拠に敵陣が見渡せるだろう？」

「そうですね」

「ただテントで死角になっているところがある」

「はい」

「ここを覗いてみてくれ」

マリアはスコープを覗きこんで驚いたようだ。

「凄く近くに見えます」

「そうだ、ここから狙い撃つ」

「分かりました」

「説明はいらないと思うが魔法を使う。俺よりマリアの方が精度が高い」

俺はマリアにボルトアクションの装塡を教え、数発の弾をポケットにしまわせた。俺の分も、もう一丁召喚して一緒にマクミランＴＡＣ－50スナイパーライフルのスコープを覗く。

「今どういう状況だ」

「テントの陰にあれは…小便をしてますね」

「小便をしてるやつはテントで皆の陰になっている。じゃあこの銃の調整の仕方を教える。この距離で頭を狙うには少し上を狙う。右から左に風が吹いているのでそちらに微調整を、そして魔法でゆっくりあいつのこめかみに弾がめり込む状態をイメージするんだ」

「はい」

マリアは指先で銃の先をミリ単位で調整していく。

「準備ができました」

「撃て」

ズドン！　1．2．3．4．5．6．7秒後に小便をしていたやつがこめかみから血を噴き出して倒れた。

《マリア凄すぎ！　この距離で本当に当てるんだ》

「次だ」

まだ誰も小便をしていた兵士が倒れたのに気づいていない。

「あの、テントにもたれかかって寝ているやつ。あいつだ」

「はい」

「指示はいるか？」

「必要ありません」

スゥー、マリアが息をはいた。再びミリ単位で銃の先を微調整し始める。ズドン！

「着弾」

「はい」

見ている先では兵士が、寝ているままの姿で頭のてっぺんから血を噴き出している。

「次、テントの中に寝ているやつがいるな。あいつだ」

「はい」

テントの中で寝転がって本か何かを読んでるやつがいる。ズドン！　本を読んでいるやつは顔の上に本をのせるような形で、脳天から血をながし寝ているように動かなくなった。

「当たりました」

《凄すぎるんですけど！　マリアのスナイパーショット！　この距離と時間で数人を殺害した》

「まだ気がついているやつはいないな」

「はい」

　俺たちは静かに敵の様子を眺めていた。

《残りは何人だ？　カードに興じているやつらが四人談笑している。街道に立って監視している兵は二人、テントから一人出てきてグリフォンに近づいている。テントの中には何人いる？》

「一人動きました」

「しかし、グリフォンのそばには監視兵が二人いるから気づかれる。もう少し待て」

「はい」

　しばらく沈黙が続いた。じっくりと相手の行動を観察する。するとカードに興じていたやつが一人小便をしていた男のほうへ動いた。

「マリア、次はあいつだ」

「はい」

　ズドン！　小便をして倒れているやつを見かけ、周りを見渡したところで眉間（みけん）に当たった。

「着弾」

　計算プラス魔法イメージのなせる技である。マリアはすごい集中力でスコープを眺めていた。

「どうだ？」

「他は気がついていません」

「次は立っている監視役を」

「はい」

「撃て」

ズドン！　マリアは着弾までの間に次弾を装填していた。監視役がのけぞるように倒れる。

「他のやつが気づきましたね」

「一気に数人を始末しなくちゃいけないから俺も撃つ」

「はい」

俺もスナイパーライフルを構えた。

カードに興じていたやつらが、監視役が倒れたのに気がついて駆け寄ろうとしていた。

「カードやってたやつらを狙え、ほぼ狙いはそのままで微調整だな」

「はい」

死体に駆け寄った三人に向けて撃つ。ズドン！　マリアは既に次弾を装填している。マリアの弾は一人のこめかみを撃ち抜いたが、俺の弾は肩のあたりに当たって兵はのけぞり倒れた。

「外した！」

装填を終えたマリアが、逃げるやつに狙いをつけるため、微妙に銃身を指で押している。

《動く標的に当てようとしているのか？》

ズドン！　逃げたやつがこめかみから血を噴き出して倒れる。

《凄い》

「テントの中から出てきました。撃ちます」

既に俺の指示はない。ズドン！　どこから攻撃されているかわからない兵士が振り向いたところで、後頭部を撃ちぬかれて前のめりに倒れる。さらにテントから三人が出てきた。

「まだこんなにいたのか」

「撃ちます」

ズドン！　テントから出て倒れたやつに近づいたやつが、しゃがみこんで倒れたやつを見ていたが脳天から弾がぬけたようで、死体に顔をうずめて倒れる。

「グリフォンをなでていた者がいません」

マリアから報告を受けグリフォンを探すが一匹いなかった。双眼鏡で上空を眺めるとグリフォンに乗った騎士がこっちに向かって来る。

「とにかく陸上のやつを仕留めろ」

ズドン！　俺が天に上ったグリフォンに気を取られている隙に、マリアは地上の敵を殺した。一人がグリフォンで逃げたので、残った二人がグリフォンに乗って逃げようとしていたが、グリフォンに手をかけたところでこめかみから血を噴いて転がった。

「もう一人」

一人はグリフォンに乗って飛び立とうとしているところだった。さすがに飛んで動くやつにはマリアも狙いが定まらないようだった。

「逃げられます」

「こっちに向かって来る。ギレザムたちのところに走るぞ！」

「はい」

走って12・7㎜M2機関銃を構えているミーシャのところに行く。

「あいつらがこっちへ来るぞ！　グリフォンが二匹、兵士を乗せてくる！」

「しかしラウル様！　少し待っていただいてもよろしいでしょうか？」

「なんだギレザム？」

「グリフォンに怒りが感じられません。怒りはおろか好意を抱いているような…」

「好意？　どういうことだ⁉」

「おそらくこちらに降りてくると思います」

《なんで？　おそろしい魔獣なんじゃないの？》

「いざとなれば我々でも十分対処できますので、様子を見られてはいかがでしょうか？」

「分かった。ミーシャも一応構えておけ」

「はい」

グリフォンがこっちに向かって降りてくるのが見える。

「ん？　本当に大丈夫なのか⁉」

「おそらくは」

バサバサバサという音とともに、俺たちの前にグリフォンが降りてきた。

「おい！　いうことを聞け!!　おい!!!」

上に乗っている兵士が焦ったようにグリフォンに向かって叫んでいる。そうこうしているうちに、もう一匹のグリフォンも兵士を乗せて降りてきていた。

「くそ！　おい！　お前が飛ぶのはあっちだ！　おい!!」

こっちの兵士も焦って叫んでいる。すると最初のグリフォンが背に乗っている兵士の首に噛みつき、ブン!!　っと放り投げた。ボキッという音がして力の抜けた人形のように飛んでいく。

「お、おい！　お前何を！」

もう一人の兵士もグリフォンが体を震わしてブン！　と振り落とされる。

「うわ！」

ドサァ！　兵士が地面にたたきつけられた。グリフォン二匹が俺によってきた。

「わっわわ！」

なんとグリフォンが俺にほおずりしてきた。もう一匹は俺の頭を甘噛みしている。

《さっき兵士をこの口でボキッって折って吹っ飛ばしたよな？　大丈夫なのか？》

「ラウル様になついておられますな」

「な、なついてる？」

「ええ。高位の魔物ゆえ、本能で系譜の力を感じているのではないでしょうか？」

「系譜の力を？」

「はい」

それはいいとして、顔がグリフォンの唾液でべちゃべちゃになるのでやめてほしい。

「う、うう…」

どうやらグリフォンから振り落とされた一人が生きていたようだった。右足と左手首の骨が折れているらしく身動きがとれていないらしい。俺は兵士に近づいて詰問した。

「お前ら、なんであんなところで待ち伏せしてたんだ?」

「命令で来ただけだ! 内容は知らされていない。美しい貴族の女が来たら捕らえてこいと」

「誰にだ?」

「…」

「言え!」

「…」

「マリア!」

パスパス! マリアがサイレンサー付きのP320ハンドガンで、兵士の折れた右足の太ももに二発撃ちこんだ。

「ぎゃぁぁぁぁ、わかった! わかったあああ!」

「誰なんだ?」

「バ…バルギウス第4大隊のグルイス・ペイントス隊長だ」

「ほう、その大隊長殿はいまどこに?」

「…」

「マリア」

パスパス！　今度は左足の太ももに二発。

「うぎゃあああ。分かった!!　やめてくれ!!」

「どこにいるんだ？」

「グラドラムだ！　グラドラムに陣をはっている！」

「そうか」

「兵士はどのぐらいいる？」

「千だ。一個大隊の千人だ」

「千人だと！　貴様、謀れば首をはねるぞ！」

横からギレザムが声を荒げる。

「本当だ！　嘘じゃない！　数日前にそろったばかりだ！」

「どうやってきた？」

「翼竜だ！　翼竜に乗ってきた。それからなぜか急に増えたんだ！」

ギレザムがいぶかしげに聞く。

「どうして翼竜が人間の言うことなど聞くのだ？」

「それは知らない」

「マリア」

パスパス！　折れた左腕の上腕に二発撃ちこんだ。

「ぐ、ぐあああ。お前らそれでも人間か！」

騒ぐ兵士に。パス！　マリアが無言で右腕上腕に一発撃ちこんだ。

「ギャア！　ふうふう、わっ分かった！　恐らくはアヴドゥル大神官さまだ！　アヴドゥル様が神のお力でつかわされたのだ！」

「アヴドゥル？　なるほど、それがバルギウスの大ボスか？」

「ち、違う！　ファートリア神聖国から来た大神官で、西の魔獣を鎮めてくださったのだ。そしてそのあとユークリット王国に攻め入ったんだ」

《バルギウスが戦争をけしかけたんじゃなくてファートリアが仕掛けたってことか？》

「あと知っていることは？」

「それだけだ！　神に誓う！」

「聞きたいんだけどさユークリットに、お前のバルギウス第4大隊は攻め入ったのか？」

「もちろん先発隊だからな。命令で仕方なかったんだ！」

「マリア」

マリアは兵士の眉間(みけん)に銃口を突き付けた。

「待て！　待ってくれ!!　俺には家族が！　家族がいるんだ！」

「私にもいたわ」

パス！　マリアの放った弾丸は寸分たがわず兵士の眉間に撃ちこまれた。

第四話　グラドラム攻略戦

　今、俺たちは空を飛んでいた。妊婦もメイドも幼女もオーガもみーんな空を飛んでる。グリフォンに乗って空を飛んでいるのだ。動物の背に乗って飛ぶ。ロマンでしかない。千人のバルギウス兵がグラドラムの街にいるらしいが、話し合って状況を見極めることになった。

「ギレザムがグラドラムを出た時、敵はいなかったって言ってたけどな」

「ギレザムも驚いていましたね」

「とにかく敵の動きが速いのはこれのおかげか？」

　俺とマリアが飛ぶグリフォンの背の上で話していた。

「でしょうね」

「確かにグリフォンは、速いな。これならバルギウスから数日で来られそうだ」

　グリフォンの飛翔速度は速かった。屈み込まないとすこし息苦しくさえもある。

「前方に街が見えてきましたね」

　飛ぶ先に街が見えるが、グラドラムの地形は特殊な形状をしていた。都市の周りに切り立った崖（がけ）がある。山をくりぬいてできたような窪（くぼ）みの中に都市があるようだ。

「岩に囲まれた街ですか?」

「ああ不思議な地形になっているな。あそこに行く前にグリフォンを降りなきゃ」

オーガたちとはグラドラムの手前にある森で降りる手筈を決めていた。バサバサバサバサ!

グリフォンは俺の思念が伝わるのか、五匹とも森の中にそっと着地して伏せをした。

「ギレザム。これからどうしたらいいかな?」

「はい、まずは偵察が必要かと思われますが?」

「分かった」

「では、私が潜入してきます」

ガザムが行くと言う。

「まず現状が分からない以上、具体案が浮かばない。昼間は見つかりやすいから夜にしよう」

「このまま夜までここにいるのは、皆さんにはかなり危険でしょう。夜間に動くのであれば、あの岩壁の上部に待機できるところがありますので、そこに移動を。陽が落ちたらグリフォンに乗って上がるといいと思います」

絶壁の上に人がいられる場所があるという。さすが地元民、地の利が分かっているようだった。

「ギレザム。潜入するにあたって、これをつけていってほしい」

俺はオーガたちに、ENVG-B暗視ゴーグルと軍用トランシーバーを召喚して渡した。

「お前たちは気配を察知することができるとは思うが、これで夜間戦闘はがぜん楽になるはずだ」

　俺は暗視ゴーグルのアウトラインモードを説明した。アウトラインモードとは暗闇でも人や対象物の輪郭が光源で浮かび上がり、まるでゲームの画面のように映るのだ。

「はい」

　そして次に軍用トランシーバーの使い方を説明した。

「どうだ？　使えそうか？」

「はい、覚えました」

「やってみせろ」

　するとオーガたちは間違いなく操作をしてみせた。

「よし。これで遠くに離れた俺たちと話ができる」

「おまかせください」

　暗視ゴーグルをつけ、ポケットに軍用トランシーバーを突っ込んだ、サバゲーマーになったオーガがそこにいた。日が暮れて夜になり、グリフォンに乗り込み、夜の空に舞い上がる。

「マリア、おあつらえ向きの曇り空だな。暗くて俺たちを視認することはできないだろう」

「このゴーグルというのは面白いです。暗いのに他の人が光ではっきり見えます」

「オーガの三人もつけているからよく見えているはずだよ。まあ彼らには必要ないのかもしれないけど、黙って使ってくれているみたいだ」

「そうですね」

　他のメンバーやグリフォンが、光で縁取りされてはっきりみえる。俺も初めて使ったのだが、これはかなりの優れものだ。ギレザムの言った通り岩壁の上に平らな踊り場のようになっている部分があり、グリフォンが五匹降りても余裕があった。そこはまるで展望台のようだった。

「ギレザム、この場所を他に知っている者は？」

「いいえ、我だけです」

「そうですね、私も知りませんでした」

「俺も初めてです」

　ガザムとゴーグも知らないようだった。

「ここに拠点をつくる」

　小型のテントを召喚した。真っ暗闇で作業ができないため、暗視ゴーグルをつけた俺とマリア、オーガ三人でテントを組み立てる。四人くらいが入れる迷彩柄のテントだ。

「母さんはテントの中に入っていてもらえるかい？」

「ええ、分かったわ」

　俺とマリア、オーガ三人が崖の淵(ふち)に近づいて腹ばいになる。都市が一望できるのだが街の様子が変だった。灯りが街の奥の一ヶ所に集中しており、あとは真っ暗だった。

「これは？」

「街の人間が最奥の東側の広場に集められているようです。兵士がそのまわりに五十人程度、千人もいないようですが」

「どういうことだ？　あの兵士は千人いると言っていた」

「あの灯りの部分に集まった住人の中に、ガルドジン様や仲間たちもいません」

「ガルドジンはこの街では偉い人なの？」

「いえ、統治しているのは人間です。グラドラムの王はポール・ディッキンソンといいます」

「ガルドジンの立場は？」

「まあ、いわば人間の街の用心棒です。政の警備とかそういったことです」

「そうか。とにかく街を探らないとな、まずはここの拠点を武装化する」

グリフォンから荷物を降ろす。12・7㎜M2機関銃を設置し、マクミランTAC－50スナイパーライフルを二丁置く。スナイパーライフル用照準器を夜間攻撃用に変更した。

「マリア、専用ベルトも渡しておくから装着しておいてくれ」

イオナとミーシャには護身用に、サイレンサー付きVP9ハンドガンを一丁ずつ渡した。

「おそらくここまで敵があがってくることはないと思うけど、12・7㎜機関銃はミーシャが扱うようにしてくれ。ミゼッタはこの暗視ゴーグルで周りをよく見ていてほしい」

拠点の強化を終え、俺はオーガたちと話をする。

「ギレザム、ここの場所が気づかれた場合、人はあがってこられるか？」

「人間ならば難しいと思います。夜であればブラッディバットという吸血魔獣が飛びます」

「ん？　ならここは危険なんじゃないのか？」

「グリフォンがいますので大丈夫です。グリフォンはブラッディバットからすれば天敵です」

《グリフォンって肉食だったのね。俺食べられなくてよかった。ガシガシ嚙まれてたし》

「じゃあガザム、潜入調査を頼む」

「では潜入してきます」

《次の瞬間、ガザムは何のためらいもなく、いきなり崖から飛び降りた》

「えっ!!」

崖から見下ろしたが、ガザムの姿はもう見えなかった。

《こんなところから飛び降りて…大丈夫…なんだろうね、たぶん》

ガザムからすぐ連絡が入る。

「ラウル様、聞こえますか?」

「どうした?」

「敵兵が街のあちこちの暗がりや家に武器をもって潜伏しています」

やはり来るのが分かっていたか…。一ヶ所に人を集め、俺たちを誘き寄せて囲む作戦だ。

「ガザムはその場で待機。俺たちの到着を待て」

「は!」

「マリアはこの暗視ゴーグルで狙い、俺の合図を待って上から撃て」

「必ず遂行します」

「間違っても俺たちを撃つなよ」

「お任せください。って、えっ? ラウル様も降りるのですか?」

「そうだ」

「ダメです！　危険です！」

「大丈夫だ。市街戦は昔から得意なんだよ」

「昔から？」

「いや、なんでもない」

《まずいまずい！　ついうっかり口がすべった》

「ゴーグ、鼻が利くところで頼みがある。ガルドジンと仲間を探してくれ」

「分かりました」

「単独攻撃はするな、場所が分かったら教えてくれるだけでいい」

「発見次第伝えます」

もしかしたら既にやられてるかもしれないが可能性はゼロじゃない。

「じゃあギレザム、俺を連れて下に降りられるかい？」

「問題ございません。ですが？　ラウル様も戦うのですか？」

「ああ」

「危険ではないですか？」

「相手は千人の騎士だろ？　どんな手練れがいるとも限らん。駒は多い方がいい」

「分かりました」

「大丈夫だ。マリアが狙撃手として援護する。それに俺は市街戦が好…いや…やりた…、行くぞ！」

「分かりました」

とにかく状況を打破するためにも俺が動かなければならない局面だ。

「では我の背につかまってください。手を離さぬように願います」

「分かった」

「では」

ギレザムは崖に向かって立ち、レンジャーの懸垂降下のように淵から飛び降りる。もちろん懸垂降下のようなロープはない。一瞬血の気が引くがそれほど怖さはなかった。

「着きました」

底まで降りてきたが、あっという間だった。ガザムがいつの間にか隣に立っている。

「じゃ、ゴーグは仲間を探してきてくれ」

「分かりました」

ゴーグが闇の中に消えていった。

「九百人近くが街の暗がりの中に潜んでいると見ていいんだな？」

「そうです」

「これからしらみつぶしに敵兵を葬っていく。音を立てずにチームで端から慎重に正確にだ。なるべく迅速に隠密行動していく、音もなく背後から忍び寄り心臓をひと突きしろ」

俺はファイティングダガーナイフを召喚した。長い刃の両刃のタングステンナイフだ。

「ギレザムの刀は大きすぎて建物内では不利だ。ガザムの両手の小刀も少し大きい、突くならこれが最適だ。音を出さずに殺すことができるだろう。お前たちの力なら鎧(よろい)など意味をなさないし、折れたりしたらまた俺が出すから気兼ねなく突きまくってくれ」

「分かりました」

「あくまでも突くのに優れた武器だ、もしもの時は自分の刀で応戦してくれ」

「「は！」」

そして、俺は夜戦の奇襲用に自分用の武器を召喚した。

ソ連製ＶＳＳ　ヴィントレス　ライフル

高い隠密性を発揮する特殊消音狙撃銃だ。サプレッサー一体型のライフルでサプレッサーはバレルより長い。バレルには銃口から放出するガスを減らすため穴が開いており、通常のサプレッサーをつけた銃より高い消音性となっている。専用の９㎜×39㎜弾を使用し銃弾の初速を落としてさらに消音性を高めている。スコープを入れても三・四kgと軽くて扱いやすい。

「よし、街の入り口から、おとりの人たちがいる方。その灯りが届かなくなる岸壁側からやる」

ガザムに続いて俺とギレザムが暗がりを縫(ぬ)って走り出す。俺は装備を持っていても格段に速く走れるようになった。ガザムはスピードを落としてくれているようだが、人間のフルスピードよりはるかに速い速度で走り抜ける。人々が集められている場所から最奥の建物に着く。

「開けろ」

ガザムは無言でうなずいて家のドアの取っ手に手をかける。どうやら鍵(かぎ)がかけられているようだった。するとギレザムがスッと刀を抜く。ギレザムが上段に構えると、スッ！　と刀が振り下ろされる。ギレザムはなんとドアと壁の隙間(すきま)に寸分たがわず刀を振り下ろしたのだった。微妙に「チ」という音がしたが、ほかには音はしなかった。スッとドアが素早く開かれるが軋(きし)み一つない。建物の中は真っ暗だったがナイトビジョンゴーグルのおかげで俺でも見渡すことができた。さらにオーガは人間の魂を察知するため、前世の軍の突入部隊のように一つ一つ部屋を確認することはなかった。真っ暗な部屋の中をまっすぐに奥に進んでいく。奥の部屋には兵士が二人窓の外をじっと眺めていた。おそらく敵が入ってくるのを心待ちにしているのだろう。が次の瞬間二人は息絶えていた。すでにギレザムとガザムが背後に立って二人の死体が倒れないように、首をもってぶら下げている状態だった。俺が伏せるような指示を出すと、二人はそっと死体を床に横たえた。ガザムが振り返って上を指さし三本の指を上げた。

《二階に三人か》

二階に上がっても家の中は真っ暗だった。オーガの二人には人間のいる場所が分かっている。

ガザムが部屋を指さし無言で三本の指を立てる。俺が合図を出す。3、2、1。スッとドアを開けた瞬時にオーガ二人は、兵士二人の心臓にファイティングダガーを差し入れていた。一番前で窓の外を見ていたやつが振り返るところに、俺は消音狙撃銃(サイレンサー)を撃ちこんだ。眉間(みけん)を撃ち抜かれて崩れ落ちてくる、俺は瞬時に走り込み倒れるのを押さえ込んだ。ゆっくりと床に横たわらせる。

「この家に人間はもういません」

人間を殺すたびに俺の内部で血が巡るようだ。二人がそれに気が付いたようで俺の様子をうかがっている。心なしか体がさらに軽い。

「では路地を警戒しながら、一軒一軒つぶしていく」

「「は！」」

俺たちが次の家に移ろうとすると、家と家の間にも二人潜んでいた。瞬間的にギレザムとガザムが後ろから心臓を突き刺している。突いた穴があまりにも小さいので血が噴き出ない。

「ラウル様の読み通りですね。みな通り側を警戒しています」

「きっと俺たちが来ると思って愚直に見張ってるんだろう」

次の建物では俺が後ろからガザムに抱かれ、ジャンプしてそっと屋根の上に降ろされた。そのとなりにギレザムが猫のように静かに着地する。二階の窓を開けて侵入すると、一直線に奥の部屋に進み俺が後ろからついていく。ガザムが指を三本立てた。俺がうなずくと音もなくドアを開ける。瞬間的に三人を殺害し、倒れる前に急ぎ近寄って体を支え横たえさせる。すぐギレザムが下を指さし二本の指を出す。どうやら一軒には五人一組で潜入させているようだ。俺たちが一階に降りるとガザムが二つの方向を指さした。俺とギレザムが一つの部屋にむかう。ドアを開け次の瞬間ギレザムが兵の心臓を突いていた。ガザムは裏口近くの便所の脇に潜む、すると便所から兵士が出てきた。スッと口に手を当てると同時に心臓を貫いていた。

「この家にはあと人はいません」

「人員配置の構成が分かったな。おそらく一軒に五人と路地裏に二人配備しているようだ」

「次もそうでしょうか？」

「わざわざ複雑な人員配置にすまい。この辺の家は、しばらくこの構成だろう、ずいぶん用意周到だが魔人の脅威を考えるとこれくらいの罠は必要だと思う」

これなら町のどこで戦闘の音が聞こえても、兵士に囲まれているという状況になるだろう。

「ラウル様、顔の痣が光っています」

「それはまずいな」

どうやら俺の武器で人間を殺害しているため力が集まってきているようだ。痣を隠すために軍用目だし帽を召喚してかぶる。俺たち三人の暗闇暗殺ルーティーンが始まった。


俺達が二百八人目の敵兵を殺害し終わったところで立ち止まる。二百人以上も人間を殺害したため、俺の魔力量がかなり高まっていた。行動速度が上がり敵兵の死体も軽く感じる。判断能力が上がっており戦闘時には瞬間的に止まって見えることすらある。

「一般人はいませんでしたね。潜伏している兵士は並の兵士ではなさそうです」

「かなりやるやつも含まれる可能性があるということか」

「そうなります。ここから先に行くにつれて、さらに油断は出来なくなっていくでしょう」

ここにきて三人では駒が足りないことを痛感する。まだ八百人もいるというのに、街の奥に行くにつれ強敵がいる可能性があるということだ。

「しかしながらラウル様の計画は正解です。一斉に囲まれればまずかったですね」

「ああ、だがここからだ」

するとその時、ポツリと雨粒が落ちてきた。

「雨か…好都合だな」

「はい」

「雨ならば視界が悪くなるし、音が消され、侵入もしやすくなる」

話をしているうちに雨脚が激しくなってきた。俺たちの作戦遂行(すいこう)を有利にするかのように雨は強く降り注ぐ。さらに視界は暗くなり、雨音が侵入の音を消し殺害時の音も消してくれた。殺害スピードがあがり順調に進むと思っていたのだが、少し変化があった。もう敵は来ないと踏んだのか路地裏に見張りはいなくなっていた。一階の一つの部屋に五人でまとまり始めたのだ。俺はギレザムとガザムに目配せをしドア越しに話を聞くことにした。

「おい、雨が降ってきたぞ！　今日は作戦中止じゃねえのか？」

「そうだな、そろそろ伝令が回ってもいいころだ」

「だな。俺たちのほうから作戦中止を言うわけにもいかないし、待つしかねえだろうな」

「こうなりゃ住民も戻すだろ」

「そうだな。対象の人間も来ねえようだし一息つけるか」

　この作戦が中断されるのではないかと踏んでいるらしい。しかし伝令が回るとなると俺たちの殺害がばれてしまう。俺たちは一度家を出て雨と暗闇に紛（まぎ）れながら作戦開始場所に戻った。

「雨は好都合だと思ったがな、作戦中止となれば住民も戻されるだろう」

「伝令が回ると言っていましたね」

「ああ、気づかれるのも時間の問題だな」

　そんな時、ゴーグから連絡が入った。

「ラウル様、ガルドジン様と仲間を見つけました」

「どこにいた？」

「魔法使いの結界で閉じ込められ、洞窟（どうくつ）内に幽閉されています」

　それも罠（わな）っぽいな、二重三重に罠をかけているのか相手はずいぶんと巧妙なやつらしい。

「罠の可能性もある一度ひけ」

「しかしガルドジン様が」

「全滅する可能性がある。一度ひいてくれ」

「分かりました」

　ゴーグに一旦戻るように指示を出した。今は一人でも欠けるわけにはいかない。

「誰だ！」

　ギレザムが俺の背後に向かって叫ぶ。俺はついビクッとしてしまった。

「も！　申し訳ございません」

聞き覚えのある声に俺が振り向くと、そこには妖艶な貴族風の女が跪いていた。貴族のいでたちに金髪で、美しい真っ白な顔と真っ赤な唇、そしてその隣にはこれまた美しい黒髪ロングの切れ長クールビューティーがいた。

「シャーミリア！　マキーナ！」

「なんと、私奴どもの名前を憶えておいでてでしたか。これ以上の褒美はございません」

「来てくれたんだな。助かるぞ！」

「大変申し訳ございません。全力で追ったのですがなかなか追いつかず」

「気にするな。俺たちも飛んできたんだ。それより、ちょうどよかったよ」

「ちょうどでございますか？」

やっと糸口が見えた。シャーミリアたちにはたってのお願いがある。〝あれが〟使える。

「人間を屍人に出来るんだよな？」

「はい、まことにつたない技ではございますが、死体を屍人に変えて動かすことができます」

《ゾンビを作るのがつたない技って…》

「この通りの四十棟ほどの家の中に騎士の死体があるんだが、全部屍人にしてこい」

「お安い御用でございます。あなた様のお役に立てるのであればすぐにでも」

「急ぎで頼む」

「は！」

二人のヴァンパイアが雨の中に飛び立っていき、そこにゴーグが戻ってきた。

「洞窟内には簡単に入れたのか？」

「入口に番兵はいましたが、目を盗んで忍び込むことができました。しかしガルドジン様が囚われている場所には二十人くらいの敵兵がいて、その中にヤバいやつが一人います。さらに数人の魔法使いが結界を張っており俺一人では無理でした」

「やはり待ち伏せていたか」

すぐにシャーミリアとマキーナが帰ってきた。

「終わりました」

「速！」

俺は思わずヴァンパイアにツッコミを入れてしまった。

「頭蓋を破壊されており屍人にできない死体もございました」

「ああ、それは俺が殺したやつだよ」

「左様でしたか、お見事でございます」

《数分で二百以上の死体をゾンビ加工してきたのか？　困った時のヴァンパイアだな》

「屍人は勝手に動くものなのか？」

「いえ私が命ぜねば動きません」

《よっしゃ！　こっちの戦力不足はこれで補えるだろう》

「じゃあシャーミリア、俺を抱いて崖の上に飛んでくれ」

「抱いて？　なっなんという幸せ。かしこまりました！　心して飛ばせていただきます」

吸血鬼なのに頬を赤らめて目を伏せた。妖艶なオーラがさらに増すのであった。拠点に戻り作戦会議を行う。ヴァンパイアが作り出したゾンビにより、しばしの時間稼ぎができるだろう。

「今ここにいる全員と屍人数百、及びグリフォン五匹が俺達の現状の戦力だ。母さんは身重のため戦力には数えられない」

「足手まといでごめんなさい」

イオナが申し訳なさそうに言うが、皆が首を振る。

「イオナ様、私は貴方様を守るためにいるのです。元より戦わせることなど不本意でした」

「ラウル様の母君であらせられるイオナ様をお守りするのが、我々の務めです」

「そのとおりですわ。母上様ならば身命を賭して守るのが私たちの喜びです」

マリア、ギレザム、シャーミリアもイオナを気遣って言う。

《魔人たちはすごく心配りができるじゃないか？　なんで人間と相まみえない種族なんだ？》

「母さんが敵から追われているのには必ず理由がある。敵に母さんを渡すわけにはいかない」

「ラウル…」

「とにかく俺たちに任せて」

とにかく今は一刻を争う。

「街の状況はどうか？」

「住人たちは一ヶ所に集められたままです。ですが兵士に動きがあるようです」

マリアは拠点から動きを見ていたため、状況を把握しているようだった。

「そうか、兵士に動きがあったか」

「はい。住民の周りにいた兵士の数名が民家の暗闇のほうへと消えていきました」

「やはり伝令が回ったな」

ギレザムが答える。

「であれば、屍人や死体の存在もすぐに露呈するでしょう」

「その前に動く必要がある。シャーミリアたちの合流でかなり有利に進められるようになった。おかげで俺たちは戦力を分散できる。ギレザムとガザムとゴーグは仲間の救出にあたれ」

「それでは、皆様の護衛が手薄になるのでは？」

「問題ない。シャーミリアとマキーナがいる」

「オーガよ、妾(わらわ)たちに任せるがいい」

シャーミリアが相槌(あいづち)をうつ。

「しかし」

「大丈夫だ、ギレザム」

「分かりました」

ギレザムは不安なようだった。確かにそう思うのも無理はない。だが俺はハッキリとそう言いきれる。先ほどからシャーミリアの視界を俺が共有できているからだ。自分が使役しているという感覚が強い。系譜の力だと確信できた。

「そしてマリア、いったんグリフォンで全員街の外に出よう。それから…」

俺は作戦を全員に伝えた。重要事項などは二度言い質問を受け付けながらじっくり説明する。

「…というわけだ。総力戦を開始する！」

「「「「「はい！」」」」」

全員の賛同を得て、作戦行動を開始した。


都市の一番西にあるグラドラム正門、門番待機所付近。そこに通ずる道の向こうから光が近づいてきた。ランプの光ではない。ランプの光にしては明るすぎるからだ。正門を見張っていたバルギウス帝国の兵士は、その明るすぎるランプの光に異常な雰囲気(ふんいき)を感じ、二名の伝令を街の中に走らせた。

「伝令は行ったか？」

「はい」

門番を任されていた小隊長は、伝令が走ったのを確認して街道のほうを見る。ランプに明るく照らされていてこちらからは光しか見えない。こんな夜に辺境のグラドラムを馬車で走ってくるバカはいない。凶悪な魔獣もいる辺境の地で、夜に普通の人間が来るわけがなかった。

「停めるぞ」

「「は！」」

待機所から門を抜けて兵士十名が出てきた。小隊長が真ん中でその後ろにずらりと精鋭部隊が並ぶ。眼光鋭い男たちはただならぬ気配をまとっていた。兵士たちは皆腕に自信のあるものばかり、少し口元が吊り上がっていて笑っているように見える。よほど余裕があるらしい。

「止まれ！」

　ズサササササー
「馬車か？　いやなんだ？　馬がいない？　魔物か？」

　彼らが見ている物はそもそもこの世界には存在していない。理解をしろといってもできるものではなかった。停まったのは米軍のM１１２６ストライカー8輪装甲車である。だが、これは乗り物だと小隊長は直観的に思った。

「おい！　中に乗っているやつ出てこい！」

　乗り物からは返事がない。

「よし火をかけろ！」

　弓兵が矢じりに火をつけようとしたときだった。変な乗り物から返事が聞こえた。

「私はユークリット王国のサナリア領から来た、イオナ・フォレストです、道をあけなさい」

　やたら声がでかい。しかしだ！　なんとお尋ね者が、のこのことやって来やがった！

「顔を見せろ！　本物かどうか分からねえ」

「だまって道をあけなさい！」

　しかしやたら声のデカイ女だ。耳がキンキンする。それもそのはずLRAD音響兵器を使って話している。中のイオナは普通の音量で話していると思っているので全く気が付いていない。

「うるさいな！　聞こえてるよ！　とにかく出てこい」

「下がりなさい！　手加減できませんよ！」

　イオナが大きい声で叫ぶので、ハウリングでキーンとなっている。

「うるせえな！　へんな金切り声あげんなよ！」

「とにかく、下がりなさい」

「おい！　火をかけろ」

「はっ！」

　弓兵が矢尻に火をつけて矢を放つ。コン！　音を立てて火のついた矢が地面に落ちた。

「あれ？」

　刺さらない矢を見て小隊長が驚く。

「なんで？」

　矢尻が地面で燃えている。

「おい！　松明をよこせ！」

　小隊長が松明を受け取って近寄ろうとした時だった。ガパン！　音を立ててハッチがひらいた。兵士たちは剣に手をかけて見上げる。すると不意にランプが消されて乗り物の全容が見えた。見たことのない乗り物だった、大きな箱に大きな車輪が八つ付いている不思議な形をしている。屋根の上には人が半身だけ出してこっちを見下ろしていた。

「私がユークリット王国サナリア領、グラム・フォレストの妻イオナ・フォレストです」

　屋根の上から出てきた人間が凛とした声をあげた。兵士たちはそれぞれに松明でその人間を照らした。小雨はいつしかやみ、雲間から降りる月の光が神々しくその人を照らした。

「め、女神？」

小隊長は思わずつぶやいた。そこには女神と見まがうほどの絶世の美女が、貴族のドレスを着て浮かび上がった。天からの月のはしごに照らされた女神が現れたのだった。

「皆様、夜分に門の見張りご苦労様です。黙って通せなどと失礼をいたしました。かわりといってはなんですが、あなた方に贈り物がございますので、何卒すみやかにお通しくださいませ」

凛とした声は美しく、兵士たちは半ばうっとりしたような表情で聞いていた。

「賄賂か？　命乞いか？　まあ殺さず捕らえろとの命令だ、悪いようにはせんよ」

おぞましいくらいの下卑た笑みを顔に浮かべて、にんまりと笑い口元にはよだれが糸をひいていた。

「それは、よかった。それではこれをどうぞ、大変珍しいものですわ」

この世のものと思えない美しい微笑みに対して、兵士が「ほぅ」「ぐへへへ」「おほっ」などと下品な笑みを浮かべる。女神は乗り物の上から何かの塊を投げてよこした。ボト、ボト、ボト。数個の塊だった。女神が授けた数個に対して兵士は十人、兵士たちの珍しい物争奪戦が始まった。「おい！　これは俺のだ！」「さきに拾ったのは俺だぞ！」「おい、なんでお前二個もってんだよ！」「ばかやろう、俺が先だっただろ！」「うるさい！　おまえら小隊長の俺を差し置いて！　俺が二つだ！」拾った塊は確かに見たことのない物だった。鉄？　黒いまるい塊に出っ張りがある。これはいったいなんだ？　珍しそうではあるが実際なんなのか全くわからない。よく見ると輪っかのところに紐みたいなのがついて、先をみると女神につながっていた。

「こりゃなんなんだ?」

小隊長が下品な笑顔を浮かべて聞いてみる。

「私がここを通る通行手形のようなものです。大変価値のあるものでございます。お手を放さずに私とつながっていてくださいますか?」

女神がつながっていたいと言っている。「お、おう!」「いや、俺に言ったんだ」「ばか、俺だろ」「とにかくこれを俺によこせ!」「俺のだ!」また兵士たちが醜い争いを始めた。ガパン! 気がつくと女神がまた乗り物の中に消えていった。するとその乗り物は来た道を後ろむきに進み始めた。塊についている女神と繋がっているはずの紐がピンと張りつめ、鉄の輪が抜けた。ピンッ、ピンッ、ピンッ! 驚いて足元に落としたものや、かろうじて手に持ったままお手玉したり、落ちた物を拾おうとしたりと、何とか自分の物にしようと必死な兵士たちだった。

「お、おい逃げるのか?」

と思ったら、少し先で車が停まった。

「なんだ、驚かせやがって…」

ボグゥ、ボズゥン、ドガン! 手に持っていた塊は閃光と共に木っ端みじんになった。それを持つ人間や周りの人間も一緒に。それもそのはず、その通行手形はM67手榴弾なのだから。兵士十人が手榴弾で木っ端みじんになった時、崖の上の俺の耳にも手榴弾の音が響いてきた。

おそらく街の中にいる兵士たちも今の音に気が付いただろう。ストライカー装甲車のミーシャから連絡が入る。

「ラウル様、門番を全てかたづけました」

「分かった。そのまま待機」

「はい」

門の外にストライカー装甲車を待機させ、ヴァンパイアの二人に指示を出す。

「シャーミリア、マキーナ。今どこだ？」

「指示通り門の上におります」

「なら、門の内側に人がいるか確認してくれ」

「何もおりません」

《そうか手榴弾の爆発音を聞いても出てこないか》

「二人で門を開けられるか？」

「問題ございません」

俺は再びストライカー装甲車のミーシャに無線を繋ぐ。

「ミーシャ、これからヴァンパイアの二人に正門を開けさせる。ロケットランチャーをすぐ使えるように準備しててくれ」

「分かりました」

「マリアはシャーミリアたちが門を開けたら、ストライカー装甲車を都市内に入れてくれ」

「分かりました」

　門が開けられ、ストライカー装甲車がグラドラムの街中に入ってくる。

「シャーミリア。街に動きはあるか？」

「使役（しえき）する屍人（しびと）が一人の伝令を捕らえました。いかがなさいましょう？」

「始末しろ」

「はい」

　やはり伝令が回ったか。

「ミーシャ。こちらからも見えているが街に動きはない。潜んだ虫をいぶり出す必要がある、大通りに面した一番手前の家の二階に、ロケットランチャーをぶち込め」

「分かりました」

　ガパン！　屋根からミーシャが出てきて手にロケットランチャーを構える。バシュゥー！　バガーン！　家屋にロケットランチャーがつっこみ激しく爆発した。

「シャーミリア、変化はあるか？」

「ございません」

《うーん。住民の印象が悪くなるからあんまりぶっ壊したくないんだけどな。どうしよう？》

「ミーシャ、次は一階に撃ちこめ」

　バシュゥー！　ズッガーン！　窓という窓が飛び散り家が大破してしまった。俺がいる拠点からも派手に破壊されたのが確認できる。

「シャーミリア、変化はあるか？」

「破壊された家から数人ふらふらと出てまいりました。あ、倒れました」

「他には？」

「はい、周辺の家からも兵士が出てきました」

「分かった。そのまま待機だ」

「かしこまりました」

「マリア、そこからはどう見えている？」

「こちらからも人が出てくるのが見えます」

「車を街の中に進ませろ」

出てきた兵士たちの前を、ストライカー装甲車が進んでいき街の中心あたりに停まる。ピィィ――――！　敵の陣地のほうから笛の音が鳴って、町中の家という家から松明を持った兵士がわさわさと出てきた。囲みの罠を発動させたようで、どんどんストライカー装甲車に向かって人が集まってくる。

「シャーミリア、屍人を解き放ち後ろから襲わせろ。そして二人でここに武器を取りに来い」

「はい、かしこまりました」

ガシャーン、バリーンという音が暗がりの中から聞こえ、家の中からゾンビがぞろぞろと出てきた。しかし動きはとろい。シャーミリアたちが俺のもとに来る。

「これを装備しろ、操作方法はさっき話した通りだ」

「仰せのままに」

俺はヴァンパイアの二人に、M240中機関銃と弾倉バックパックを背負わせた。バックパックには500発の弾丸が入っている。毎分950発の速度での射撃が可能だ。

「それを背負ったら羽の邪魔にならないか？」

「問題ございません。形も変わりますゆえ。もとよりこれで飛ぶわけではありません」

「便利なものだな」

「ああ。またお褒めいただけるとは、私奴は幸せにございます」

「この弾丸が切れたらまた俺が召喚してやるから戻ってこい」

「はい」

「では、殲滅作戦を開始する」

ヴァンパイアの二人は夜の闇に飛び去っていった。そして俺は無線をとる。

「母さん、またさっきの感じで話してもらうよ」

「ええ、分かったわ」

「俺が言う通りにそのまま話してほしい」

「もちろんよ。何を話せばいいの？」

兵士たちはストライカー装甲車を遠目で見ながら、容易には近づかず様子をうかがっていた。

「私はイオナ・フォレスト。皆様はこの街を不当に占拠しています。速やかに投降しなさい」

イオナの澄んだ声が響き渡る。

「この人数が目に入らないのか？」「まさかこんな真ん中に飛び込んでくるとはなあ」「貴族のお嬢様って話だもんなあ。無理ねえかあ、とんだ世間知らずだな」「一度その美しいと噂の顔を拝んでみてえもんだ」イオナの凛とした美しい声音を聞いた兵士たちは、口々に挑発するようなことを言いながら、ストライカー装甲車の周りに集まり松明を投げ込んできた。

「お前たち！　お前たちがそんな口をきいていいお方ではないのだぞ！」

キーキーとハウリングをおこしながら、マリアが兵士たちに拡声器ごしに怒鳴っている。

「お、なんだあ？　今度は別のおねえちゃんの声がしたぞ！」「女がもう一人乗っているのか？」「捕らえろって言われているのは、イオナってやつだけだよなあ？」女の声を聞いてさらに兵士たちは色めきだってきた。とにかく下品な面構えで話し合っている。

「シャーミリア、マキーナ聞こえるか？」

「はい、ご主人様」

「ごしゅじ…まあいい。指示通りの場所にいるか？」

「はい、指示通り屍人の来る逆側の上空にいます。車から見て北側の屋根の上空となります」

「よろしい！　お前たちにはハッキリ見えてるみたいだな」

俺がシャーミリアに対し意識を集中すると視界を共有できた。これはおそらく魔法ではない。魔力を消費している感覚が全くない。ヴァンパイアは夜でもハッキリ見えるようだ。ストライカー装甲車に数人の騎士が近づいてきた。斧を持ってきたようだった。

「せーの！」

数名の騎士は斧を振りかぶってストライカー装甲車にたたきつけてきた。ガン！　ゴン！

《こら！　傷がついたじゃないか!?　新しく召喚したばかりの新車なんだぞ！》

「おい！　硬ってえな！」「傷がついてるぞ！　見てみろ」「よし壊れそうだ！　おめえらガンガン叩きつけろ！」

更にぞろぞろと斧や剣をもって近づいてきた。

「らっラウルっ！　これは大丈夫なの？」

「ああ、母さん。斧なんかではその車は壊れないよ」

やっと食らいついた。

《おっといけねえ！　車に登り始めたやつも出てきた！》

「シャーミリア、マキーナ！　車に張り付いた虫けらを殺せ」

「母君の乗り物にあたってしまいますが」

「大丈夫だ、ストライカー装甲車なら機銃弾に耐える」

夜の空を飛ぶ二人のヴァンパイアは、M240機関銃の銃口を車体に群がる兵士たちにむけた。ガガガガガ、ガガガガガガ！　車に這(は)い上がっていた兵士たちはその場でバラバラにはじけた。群がっていた兵士や近づこうとしていた兵士たちが、腕や足をちぎり飛ばし凄惨(せいさん)に死ぬ。シャーミリアたちは見えている範囲の兵士に、列に沿って丁寧(ていねい)に弾丸を打ち込んでいった。

《前世と違ってこの世界の人間は、銃の音に恐怖感がないのかすぐに逃げないな》

「うわあぁあなんだ！」「急に倒れたぞ」「殺(や)られた！」「に、逃げろ！」一瞬何が起こってるのか分からなかった兵士たちだったが、攻撃されたことに気がついて広場から引いていく。

《やっと異変に気づいたのか？　どんくさい》

隊列が崩れたのでシャーミリアたちも適当に殺しているようだ。「ひけええ！　ガフッ」「離れろ！」「建物の陰に！　グアッ！」「何をされたんだ？」兵士が逃げていなくなった後には、パチパチと燃える松明に照らされて、百数人が列で倒れているのが浮かび上がっていた。「あっという間に逃げたな」

それでも周りには即死せずに、腕で這いずりながら逃げようとするやつや、動けなくなり呻くやつ、「足が、足がぁぁぁ」「いてえよぉ」「くそお！」「腹に穴があいてる！」とわめいているやつらもいた。血の泡をふいてるやつはもうすぐ死ぬだろう。

「ご主人様！　生きている者がおります。とどめを刺しますか？」

「這いずって逃げそうなヤツはとどめを刺していい。あとは弾丸の節約のために放っておけ」

「かしこまりました」

《助けに来たやつが来たら撃ち殺せばいいし、来なかったら出血多量で死ぬだけだ》

「よし、シャーミリア、屍人を動かして南側の広場に逃げた兵士を押し出せ」

北側から向かってきたゾンビたちは、後ろから一気に兵士たちに襲い掛かるのであった。

「よし、屍人が最後尾の人間を攻撃し始めた」

シャーミリアの作ったゾンビ部隊は嚙んで攻撃するのではなく、剣や斧で攻撃していた。シャーミリアが指示した通り動くらしい、ゾンビに恐怖や痛みはなく無理な捨て身の攻撃をする。

「思惑通り乱戦になっているな」

同じ鎧を着ているのと暗闇のため、バルギウス兵は敵味方がよく分からなくなっているようだ。パニック状態になって兵士同士が斬り合ったりしている。

「ミーシャ！　乱戦状態の騎士たちにスピーカーを向けてくれ。シャーミリアたちは後ろから攻撃されないようにストライカーの援護を頼む」

「はい」

「かしこまりました」

ガパン！　天板を開けてミーシャが上半身を出す。天井に設置しておいたＬＲＡＤ音響兵器をゾンビと兵士が戦っている方向へ向けた。

「ミーシャ。車内に戻って天板を閉め最大ボリュームでスイッチを入れろ」

キュイキュイキュイキュイキュイ!!!　「う！　うわ！　なんだ！」「耳、耳が!!」「ぐあ！　くそ！」「やめろぉぉ」あまりにもの大きな音に耳を塞ぐものや、ゾンビと戦っているときに音を浴びせられて怯んで殺される者も出てきた。逆にゾンビには音の攻撃は全く効かないようだ。

「シャーミリア。お前はあれに苦戦したんだよ」

「でも、今はほとんど音が聞こえませんが？　私奴も問題なく動けています」

「そうなんだよ。あれは向けた方向にしか音がいかないからな」

「すばらしい。ご主人様の御業はなんと神々しいのでしょう」

「機械の性能のおかげだよ。敵兵が押されてそちら側に逃げたら銃で攻撃をあびせろ」

「かしこまりました」

　俺はバレットM82対物ライフルにナイトビジョンスコープを召喚して、ゾンビと騎士の戦いを見ていた。ゾンビと騎士では少し見え方が違うので生きた兵を狙いやすい。ここからなら直線距離で一キロもなかった。

「さてと、じっくりと潰していきますか」

　スナイパーライフルを構えナイトビジョンで見える生きた敵騎士に狙いをつけて撃つ。ズドン！　バクゥ！　頭を半壊させ脳漿(のうしょう)を飛び散らせて一人倒れる。

「次」

　囲んで一体のゾンビを攻撃しているやつらの一人に狙いを定める。ズドン！　バクゥ！

「うわあ、なんだ急に倒れたぞ！」「お、おい！　起きろ！」「いったいなんだってんだ！」

　また脳漿を飛び散らせ一人倒れた。俺はそのまま淡々と狙撃作業を続ける。狙撃なんてものはこの世界にはないため、兵士は急に頭を割られ倒れる仲間を見てさらにパニックになっていた。もはや騎士たち半狂乱。敵兵は隠れることも忘れて大通りへと殺到し始めた。

「ご主人様。敵がこちらに押し出されてきました」

「ああ想定通りだ。順次撃ち殺せ」

　シャーミリアたちの方へと押し出された騎士たちが、再びM240機関銃の掃射(そうしゃ)をうけはじめる。

「うわああ、こっちはダメだ、押すな！　グバァ」「おい！　戻れ！　こっちはゲボォ」「なんなんだよ!!　グバゥ」パタパタと路地の出口や玄関先に積み上げられる負傷者や死体たち。

「ご主人様！　申し訳ございません！　出口に死骸が積み上がり逃げ道を塞いでしまいました」

「少し整理しながら撃ち殺すようにしろ」

「かしこまりました」

《ん？　街の奥の方からフードをかぶって杖を持った数人が、光をまとってやってきたぞ》

三十人くらいの騎士たちに囲まれて何人かの人間が光っている。魔法使いたち数人がゾンビのもとに来て魔法を発動した。すると光が広がった場所の十体くらいのゾンビが倒れた。

「シャーミリア。お前のほうからは見えないと思うけど、屍人が倒されちゃったぞ」

「どんな魔法でしょうか？」

「光がふわっと広がったところにいた屍人が倒れた」

「破邪の聖魔法です。私の術が解かれたようです」

「わかった。魔法使いを排除する」

「数人いるのであれば、間を置かずに攻撃されることをおすすめいたします」

「なぜだ？」

「魔法使いであれば、撃った方向からご主人様の場所を特定するやもしれません」

「了解した」

《そりゃ困る、位置が特定されたらせっかくのゾンビ部隊押し出し作戦が厳しくなる》

俺は魔力をスナイパーライフルに集中させ、魔法使い集団を見る。四人いた。バレットM82についたナイトビジョンスコープで動きは丸見えだが的は小さい。連続スナイプなんて前世じゃあ考えられない神業だが…魔力を使用。いけるか？　ズドン！　ズドン！　バクゥ！　バクゥ！

「よし！」

四人とも意識外からの狙撃で即死したようだ。「魔法師たちがやられたぞ！」「なんでいきなり死ぬんだよ！」「た、耐えろ！　押し返せ！」魔法使いを護衛するようにいた三十名ほどの騎士も慌てて散開した。やはり人間を大量に殺したおかげで俺の能力があがっている。狙撃銃の反動もがっちり抑え込むことができ連続スナイプの精度が上がった。

「ほのかに俺の手の痣が光ってんな。魔法使いの魂は特別なのか？」

魔法使いを殺害したところ、かなりの魔力が流れ込んできた。魔法使いはおいしいようだ。再び機関銃の射撃音が聞こえてきた。俺は一度射撃を止めてシャーミリアの視界に同調させる。ゾンビに押し出されてきた兵士がどさどさと崩れているところだった。

「シャーミリア、うまくいっているようだな」

「人間が重ならないよう気をつけて丁寧に殺しております。面白いように騎士が倒れます」

人を殺してシャーミリアも高揚している。俺の兵器で人を殺した分の魔力の流れ込みが、系譜の下にも影響があるようだ。

「また光系統の魔法使いが来るとやっかいだ」

「はい、私奴も聖属性魔法には分が悪いです」

「分かった。シャーミリアはその場をマキーナに任せて俺のところまで戻れ」

「かしこまりました」

シャーミリアが着くまでにミーシャに指示を出す。

「ミーシャ、これからシャーミリアがある作業をする。ＬＲＡＤの音を切ってくれ」

「はい」

「マリアは一度車を後方の街の入り口付近まで戻せ」

「はい、ラウル様」

グチャ。グニュャチャ！　ぐりゅっ！　バリっ！　ゴリッ！

「ぐあっ」「うぐっ！」「べベッ」

死体やまだ生きている兵士も踏んづけながら、ストライカー装甲車がバックして戻っていく。

ドン！　シャーミリアが来た。凄いスピードで飛べるヴァンパイアは本当に重宝する。

「シャーミリア。町の入り口にいるストライカー装甲車に乗り込め、乗り込んだら指示を出す」

「お望みのままに」

サッっと闇夜に溶け込んでいくシャーミリア。

「マリア、シャーミリアが向かった。彼女を乗せたら車を再び中に進めてくれ」

「はい」

ストライカー装甲車が再び大通りに入ってくる。

「シャーミリア、たのむぞ」

「かしこまりました」

ガパン！　ストライカー装甲車の天井から、美しい貴族風の女性が出てきて叫ぶ。

「バルギウスの兵よ！　抵抗をやめなさい！　私はイオナ・フォレストです」

イオナ・フォレストと名乗った女はスッっと天に向かって手をあげる。ボフッ！　夜空に眩しすぎる光がともり地上の惨劇を照らしていた。照明弾を車内からミーシャが打ち上げたのだ。

「バルギウスの兵よ、無駄に命を捨ててはいけません。すみやかに武器を捨ててこのイオナ・フォレストに跪き、戦う意志のないことを見せなさい。さすればこの惨劇は終わります」

周りの路地や逃げまどっていた兵士が声のする方を見る。

「私はかつてユークリットの女神と呼ばれてました。そして今日、神の力をあなたたちは知りました。もうあなたたちにできることは武器を捨てて投降することだけです」

ひとりの手練れの兵士が自分の短剣を女に狙って投げ込んだ。シュッ！　短剣はその美しい女の顔の前でその手に握られていた。女は剣の刃の部分を摑んでいる。バギン！　その剣は簡単に砕かれた。スウッと貴族風の女は、剣を投げた兵士のほうに手をあげる。バグゥ!!　その兵士は脳漿を飛び散らせて倒れ込んだ。もちろん俺の狙撃だ。

「逆らうのをやめなさい、私には神が味方しています。あなた方になすすべはございません」

「神？　本当かよ」

「いま魔法は使っていなかったぞ」

「おまえも見たろう、あんなこと人間に出来るわけないだろう」

「そしてあの美しさ、神の使徒じゃないか？」

「俺たちは何を相手にしているんだ」

混乱状態だった兵士たちが口々につぶやき始める。

「屍人たちよ鎮まれ！　イオナ・フォレストの名において、騎士の殺生をやめなさい！」

すると攻撃していた屍人たちが、動きを止めてその場に立ち尽くす。それもそのはずシャーミリアが自分で動きを止めている。車の中で拡声器を使って話をしているのはイオナ本人だけど、イオナだと思わせてそこに立っている超美女はシャーミリアだった。

「神の御業だ」

誰かが言った。

「この戦い、我らはやはり間違っていたのだ」

また一人の兵がぽつりとつぶやいた。

「ユークリットの女神。比喩表現ではない本物の女神だったのか」

ある兵士は勘違い発言をしだした。

「そうだ！　こんな戦はおかしいんだ。どうかお許しください」

そう言って一人の兵士が跪き、イオナを名乗るシャーミリアに向かい胸元で両手を握った。

そう、極限の恐怖と暗闇の中でどんどん人が死んでいくのを、兵士たちは正常な精神で受け入れることなどできなかった。藁にもすがるような思いで、途切れそうな心のよりどころをその女神に求め始めた。無残に死にたくなどなかった。

「さあ、兵士たちよ跪いて叛意がないことを示しなさい。これ以上の人死には無意味です」

シャーミリアはイオナのセリフに合わせて両手を広げている。カラン！　ガラン！　ガン！

兵士たちは武器や盾を捨てて、跪いて胸の前に手を組み始めた。

「お、おい！　誰が降伏していいといった！　もどってこい！」

叫んでいるやつがいる。シャーミリアの目で探すとそいつは建物の陰に潜んでいた。

「マキーナ。車から北側三軒目と四軒目の路地に叫んだやつがいる。上から機関銃を掃射しろ」

「かしこまりました」

ヴァンパイアのマキーナは音もなくＭ２４０中機関銃を持って移る。

「おい！　行くな！　お前らは俺の隊員だ！　勝手はゆるさんぞ！　敵前逃亡！」

ガガガガガガガ
「ご主人様。排除しました」

「ご苦労」

「ありがとうございます」

叫んでいたやつとそれに巻き込まれた周りのやつらが死んで静かになった。

「おい！　俺の命令を無視しやがっていい度胸だ」

「ガッ！」

一人が騎士を刺殺したのが見えた。シャーミリアの目はナイトビジョンよりハッキリ見える。

「マキーナ。お前がいる建物から、二軒奥の南側に仲間を刺したやつがいる」

「はい、新しい血の臭いがします」

「刺したやつの上から機銃を掃射しろ」

「かしこまりました」

ガガガ
「ぐぁ！」

また何人かを巻き込んで人が倒れた。「まずいぞ！　神の怒りにふれたんだ！」「俺は投降するぞ！」「お！　おれもだ！」騎士たちがどんどん武器を捨て車のそばに集まってきて跪く。

最初に殺した二百人とヴァンパイアが倒した三百人、跪いている兵士は百人程度だ。奥で住民を見張っている五十人を差し引けば、まだ三百から三百五十人は投降していない。

「あとの兵士は徹底抗戦ということでよろしいでしょうか？」

「ま、まて！　俺たちも投降する！」

加えてぞろぞろと五十人ほどが出てきた。そしてストライカー装甲車の周りにきて跪いた。

俺は通信機のイヤホンごしにシャーミリアに指示を出す。

「シャーミリア、新たに死んだ死体を屍人に変えられるか？」

「はいご主人様、ここから見える範囲でしたら全て」

「上出来だ、いますぐやってくれ」

ズッズズズズッ！「うわっ！」「お、おお！」「い、生き返った⁉」投降しなかった兵士たちが驚いている。かなりの数がゾンビになって動き出す。

「シャーミリア、屍人に生きてる人間を襲わせろ」

「投降した者は生き返った彼らと共に戦いなさい。まだ目覚めぬ兵に制裁をあたえるのです」

イオナの声で号令がかかる。

「なっ！　仲間と戦うのか？」「でも生き残るにはそれしかないんじゃないのか？」「どうする？」投降した兵士たちが迷っている間も、路地から押し出されてきた兵士がゾンビと戦っている。数が倍に増え前と後ろから挟み撃ちになり、もはや隠れてなどいられないようだった。

「マキーナ、北側から出てきたやつらを後ろから撃て」

「かしこまりました」

ガガガガ！　ガガガ！　ガガガガガガ！「ぐぁああ」「ぎゃぁぁ」「ぐはぁ」ゾンビに襲われた兵士たちに銃弾の雨が注ぎ倒れていく。ゾンビにも被弾するが頭にあたらなければ倒れることなく戦っているようだった。助けに入った兵士たちが倒れていく。

「マキーナ、攻撃を止めろ」

「はい」

「もう一度聞こう！　目覚めぬ者と戦いなさい！　今この場で死ぬことになりますよ」

シャーミリアが身振り手振りで話しているように見せている。「う…うわあああ」「おおおお」「ぐぅううう」「ゆるせ…許せよ!!」混乱と恐怖で冷静な判断ができず跪いていた者たちが、血反吐（ちへど）を吐くような叫びをあげて今まで味方だったものたちへと向かっていく。

「分かっていただけたのですね。あなたたちだけは救われるでしょう」
《なんとも心の狭い神だが…内乱状態が続いているあいだに、オーガ三人の援護に向かうか》
「全員いったん都市を出て戦線を離脱しろ！」
グラドラムの街ではかつては仲間だった騎士と騎士の、そしてゾンビの殺し合いが始まった。

内乱作戦がうまくいき、ギレザムたちと合流する時間が稼げた。俺もみんなと合流する。

「この内乱状態がいつまで続くか分からない、おそらくは時間との勝負だ。俺たちはその隙に最北のルートを通って奥の洞窟まで走る」

全員がストライカー装甲車に乗り込み、都市の奥へと向かって走っていく。

「それで？　どうするの？」

「先に街の人を解放する」

最北の通路には敵兵もおらずスムーズに進んだ。フルスピードで走っていたため、あっというまに街の最北東の角にさしかかる。一番角の建物の数十メートル手前に車を停めさせる。

「シャーミリア、俺を北東角の家の屋根に連れていってくれ」

「かしこまりました」

俺はバレットM82対物ライフルを持って、シャーミリアと後部ドアから外に出る。そこから北東の角の事務所のような建物の屋根に飛んで降り立った。建物は三階建てのため他の建物より少し高い。そこから双眼鏡で南をみると松明が灯された広場に、たくさんの人が集められて座らせられている。そのまわりに二十人ほどの騎士と魔法使いも数人いるようだ。

「風がふいているな。潮の匂(にお)いがする」

「北東の崖(がけ)がきれている部分は入江になっております。あちらは北海となります」

「港があるのか？」

「魔人の国への船が出ます」

「魔人の国？」

「はい、私共が仕えていたルゼミア王が治める国です。しかし私の今の主はあなた様です」

「ああ、分かってるよ」

シャーミリアがやたらと照れた感じになっている。こういうキャラなんだっけ？　この人？

「で…だ。グラドラム民を捕らえている周りのやつらを排除したい」

「いかがなさいましょう」

「手練(てだ)れの剣士がいるかもしれんから、ここから狙撃する」

俺はバレットM82対物ライフルをセッティングしてナイトスコープ越しに見る。どうやら監視している兵士全員が、騒乱騒ぎに気を取られているようだった。

「まずは魔法使いから撃つか」

「ではさきほどと同様に連続で撃つことをおすすめします」

「わかった」

ズドン！　ズドン！　ズドン！　バスッ、バスッ、バスッ！　瞬間で着弾し、魔法使いが三人パタパタと倒れた。その時シャーミリアが俺を抱いて後方の空に飛んだ。かろうじて銃を落とすことはなかったが、びびった。

「ど、どうした？　シャーミリア？」

「一人の騎士に気づかれました！　車を後退させてください！」

「マリア！　後ろに車をすすませろ！　ペダルを最大に踏み込め！」

シャーミリアに抱かれて飛びながら、肩越しにスナイパーライフルのナイトスコープを覗(のぞ)いていた。するとさっきまでいた三階の屋根の上に、一人の騎士が降り立ってこちらを見ている。

「さっき市民の周りにいたやつだ！　三階の屋根に立ってる！　人間離れしてるぞ！」

「かなりの手練れです」

「追いつかれたらどうなる？」

「私奴(わたくしめ)で守りきれるかどうか、そうなった場合はご主人様だけでもお逃げください！」

「それほどか？」

《グリフォンを置いてきたのは失策だったな。全員で空に逃げることもできた》

その騎士は猛スピードで一直線に走ってきた。ストライカー装甲車に気がついてそちらを追っているようだ。

「しかし速いな。人造人間か何かか？」

俺は飛んでいるシャーミリアの肩口からの射撃を試みる。

「ズドン！」

ボッ！　追ってくるやつの前の土をはじけさせただけだ。やはり後方に動きながらスナイパーライフルを当てるなどの芸当は俺には無理だった。

「くっ！　ご主人様このままでは追いつかれます！」

「シャーミリア、車の上に俺を落としてくれるか？」

「はい」

ストライカー装甲車上に降りた俺は、上に換装されているＬＲＡＤを正面に向けボリュームを最大にして音を照射してみる。キュイキュイキュイキュイキュイキュイ！

《デモ鎮圧用のＬＲＡＤの発する爆音にすこしよろけたか？　しかし何事もなく走ってくるな。車のスピードに追い付いてくるなんて、グラム以上の身体能力だ》

「よしじゃあ、これはどうか」

俺は揺れる車体の上で閃光手榴弾を召喚した。

「全員！　前方の敵を見るな！」

閃光手榴弾のピンを抜いて放り出す。丁度敵が差し掛かる直前で１８０デシベルの爆発音と１００万カンデラの光が照らし出される。さすがにこれにはよろけたようで、速力も落ちたようだ。俺は間髪容れずストライカー装甲車に換装していた12・7㎜Ｍ２重機関銃を打ち込んでみる。ガガガガガガガガガガガガ！　ギィン！　ギィン！　ボッ！　ボシュ！　倒れた。

《しかしギィンって！　今二発くらい剣で斬ったよな？　嘘だろ？　弾丸を斬った⁉》

「車を停めろ！　うお！」

マリアが急ブレーキをかけたため、俺は後方にすっ飛んで転げ落ちてしまった。地面に激突する寸前でシャーミリアが抱きとめてくれた。

「すまない！　あいつは？」

「倒れましたが生きています」

「なんと！　左腕がちぎれてなくなってるのに剣を支えに起きたぞ！　あれはヴァンパイアか？」

「いえ同族ではありません。あやつは正真正銘(しょうしんしょうめい)の人間でございます」

騎士がフラフラになりながら建物の陰に隠れようとしたので、俺はスナイパーライフルでそいつの足を撃った。ズドン！　さすがにボロボロだったので足に命中して転んだ。剣を持たれているのは厄介(やっかい)なので右腕も撃つことにする。ズドン！　剣も手放したようだった。

「シャーミリア、マキーナ二人がかりであいつを押さえ込めるか？」

「あの状態なら、おそらく私奴ひとりでも」

「いや、念には念のためだ、二人で行ってくれ」

マキーナもストライカー装甲車から出てきて、シャーミリアと二人で倒れた騎士のもとへ飛んでいく。

「捕らえました」

俺は車を降りて近づいていく。ふたりのヴァンパイアに押さえ込まれてこちらをにらんでいる。

「お前はいったい誰だ!?」

「……」

「おい！　ご主人様が聞いておられるのだ！　答えよ！」

シャーミリアが恫喝（どうかつ）する。

だが答えずに、不敵な笑みをたたえてこちらをにらみつけている。

《うーん埒（らち）があかないな、こいつが隊長かなと思ったんだけど違うのかな？》

「口を割らないならいいや」

俺はファイティングダガーナイフを召喚し、シャーミリアとマキーナに押さえつけられている騎士の心臓を刺した。騎士が死ぬと通常より強い力が自分に流れ込む。

「これだけの手練れだ、何かに使えるかもしれん。シャーミリア、屍人に変えろ」

「かしこまりました」

実は、この死んでしまった凄（すさ）まじい男。北東方面軍の1番隊・隊長ヴァリウス・ラングだった。大隊長のグルイス・ペイントスと同等の力を持つ猛者（もさ）だ。このレベルの猛者を楽に殺害できたことは、ラウルにとって不幸中の幸いだったことに気づく由（よし）もなかった。屍人になったヴァリウスをマキーナに運ばせて飛ぶことにする。敵兵の血で車が汚れるのが嫌だったからだ。

《さっきのような事態は避けたいな。めっちゃ怖かったもんな》

「シャーミリア、東側の崖の上に飛んでくれ」

バレットM82対物ライフルを構え、真下に見える騎士たちを崖の上から確認する。

「どうやら、さっきの凄腕の騎士がいなくなってうろたえているようだな」

　街の内乱を見張るものと、騎士が消えた方角の暗闇を見つめる騎士がばらついている。

「減らすか」

　ズドン！　バシュゥ！　一人が急に倒れたため、驚いた周りの騎士四人が慌てて駆け寄ってきた。その騎士四人も俺の狙撃で倒れる。「なんだ！　急に血を噴きだして倒れたぞ」「ひ、ひいぃいぃい」驚いた騎士たちが、倒れた四人から遠ざかるように後ずさる。

「マキーナ、さっきの騎士の屍人を飛んで運び、街人を囲んでいる騎士たちの真ん中に落とせ」

「はい」

　マキーナが屍人を連れて飛び、街人を囲んでいる兵士の上空で手をはなす。ドサッ！「なんだ！」「嘘！」「ラング隊長が！」転がっている死体にひどく動揺する騎士たちだった。

「シャーミリア、あいつを動かせ」

「かしこまりました」
　ズ、ズズズ。剣を杖にして騎士ゾンビが立ち上がる。しかし高高度から落ちているため体はぐちゃぐちゃだ。「うわああ」「隊長がぁぁ！」「にげろぉぉ！」その騎士の変わり果てた姿に全ての兵士たちが、蜘蛛の子を散らすように逃げていったのである。俺たちは、ようやく街の人々を解放することに成功したのだった。
　俺たちのストライカー装甲車が住民たちの前に停まる。イオナが車の上のハッチから身を乗り出して、捕らえられていた住民たちにこの戦争の一部始終を説明するのだった。

「そのようなことが起きていたのですね……」

その場に一緒に捕らえられていた、グラドラムのポール王は絶句していた。

「グラドラムの王よ、この国でもやつらは同じような真似をしました」

「確かにそうであるな、兵や民を殺し不当に都市を占拠した。到底許せるものではない」

ポール王は拳を握り、怒りに染まった顔で言った。

「それで、ガルドジンは今どこに？」

イオナが訊ねると、ポール王の隣にいたデイブ宰相が答える。

「バルギウス部隊の大将であるグルイス・ペイントスなるものと、キュリウスという卑劣極まりない男に、罠をかけられて捕らえられてしまわれました」

「分かりました。それでは私たちで救出に向かおうと思います」

イオナが答えるとポール王とデイブ宰相が頷いた。ハッチを閉めてイオナが車内に戻る。

「母さんとマリアたちはそのまま装甲車に乗って待機していてください」

「分かったわ」

「ドアを開けなければ敵の攻撃が届くことはない。ちょっと俺はここを離れることになると思うから、母さんの状況判断で動いてもらうことになるかもしれない」

「ええ、心得ています」

イオナは隠しようのない大きなお腹を抱えていて、すでに走り回ることなどできなかった。

「シャーミリア、今すぐ都市内を駆け回り、死んだものを屍人にして使役しろ！　まちがっても地上に降りるなよ、敵にどんな手練れがいるかもわからん」

「お気遣いのなきように」

シャーミリアはすぐに、剣と剣の戦闘の音が鳴り響く暗闇に溶けていなくなった。

「マリアには武器を使い分けて、ここに向かってきた敵兵を殺してもらいたい」

「分かりました」

俺は使っていたバレットＭ82対物ライフルを渡す。

「魔法使いを見つけたらこれで撃て！　近づいてきたらＬＲＡＤ音響兵器を敵に向けて発射し、ミーシャが12・７㎜機関銃を掃射しろ。さらに近接してきたら全員迷わず車の中に避難だ」

「分かりました」

ミーシャも大きな目でこちらを見て硬い表情で返事をするが、すでに戦場には慣れたようでガタガタ震えるようなことはなかった。

「そしてマキーナ。お前がみんなの守りの要だ」

「分かりました」

全体を守るのはヴァンパイアのマキーナしかいない。聖属性魔法を使われたらどうしようもないが、おそらく魔法使いは俺が狙撃で片づけたはずだ。もしいたらマリアが仕留めるだろう。

「マキーナは徹底して上空から敵を制圧するんだ」

マキーナは切れ長のクールビューティーな顔で、安心してね！　という表情を俺に向けてくる。相手に聖属性の魔法を使う魔法使いさえいなければ夜は無敵だ、実に頼もしい。

「ラウル殿、我々に何か手伝えることはないかな？」

ポール王が自分たちも何か手伝いたいと言ってきた。金髪金ヒゲの太鼓腹（たいこばら）のおっさんは、王たる仕事をしたいようだったが俺は断ることにした。

「いいえ、皆様はなるべく一ヶ所に固まって動かないようにしてください」

《流れ弾に当たって街の人が死んでしまっては意味がない》

「分かった。皆に伝えよう」

話し終えたころにシャーミリアが戻ってきた。

「ご主人様作業を終えました」

「よし！　それじゃあ父を救いにいく。シャーミリアも一緒に来い！」

「は！」

「市内の状況を確認する！　マリア、ミーシャ！　街中をサーチライトで照らしてみてくれ」

「「はい」」

カチッ。車に設置されたサーチライトで照らされた街の中は、地獄の様相を呈していた。膝から下を斬られて腕で這（は）いずっているやつ。ちょうど背中から剣を差し込まれるやつ。斬られた自分の腕を持ってうろうろしてるやつ。斧（おの）を頭に振り下ろされているやつ。下半身がなくなった仲間を引きずって助けようとしているところを、ゾンビになった騎士から貫かれているやつ。

ビチャビチャグチャドチャ。音を立てているのは、さっきまで降っていた雨じゃない。あたりは血の海だった。腕や頭、足がそこら中に転がっていた。「うわぁぁっぁ」「ぎゃあぁあ」「ゲボォごほごほっ」「あああああ」叫び声がさらにハッキリ聞こえる。真っ暗闇からいきなり灯りに照らし出されて、自分たちがどういう状況になっているのかが分かったらしい。これで正気を保てという方がおかしい。サーチライトで照らされ恐ろしい惨状が浮き出されると、味方の女性陣もドン引きだった。薄ら笑いを浮かべているのはシャーミリアとマキーナだけ。

「ど、どうしたんだね？」

王が車の陰になって見えない戦場のほうを見ようとするので、遮って見せないようにする。

「すみませんが、戦場はかなり悲惨な状況となっているようです。女性や子供に見せることのなきように配慮を促してくださいませんか？　皆さんはとにかく奥に固まっているように」

こんな酷いことをしたのが俺たちだと思われたら困る。どう考えても人間のできる所業じゃない。

「わ、分かった！　皆、街を見るな！　特に子供には見せてはならない」

大人たちは真っ青な顔で子供の目を覆う。

「先ほどイオナ様が、味方と戦って勝てば生かすと話していたのですがどうしますか？」

「いや走ってきたら敵か味方か見分けがつかないじゃん、みんな同じ恰好してるんだし」

「と、いうことは？」

「バルギウスの屈強な兵士に、戦も終わってないのに帰ってくるようなやつはいないと思うから、きっとこっちに来るやつはみんな敵だよ。たぶん」

「えっ？　こちらに助けを求める者も来そうですが、いいのですか？」

「いいもなにも敵だったら危険だしさ、しょうがないよ。分かんないから」

「わ…分かりました」

ミーシャはジト目で俺たちを見て、はぁーとため息をついていた。

「ミーシャ、すまないな」

「いえそんな。皆で生き延びるためですから」

「じゃあ行ってくるよ」

「無事に戻ってきてくださいね」

「大丈夫だ」

これを放置してみんなを置いていくのは不安だが、洞窟にはまだ敵が潜伏している。オーガたちが戻ってこない以上、どうあっても行かねばならなかった。俺は暗視ゴーグルをヘルメットにつけＡＰＣ９サブマシンガンを携帯し、９㎜ホローポイント弾を装填した。ホローポイント弾は体を抜けず大きな衝撃と、人体に多大な被害をもたらす弾だ。貫通する弾だとこの世界の騎士は止まらないかもしれない。俺たちが警戒しながらしばらく進んでいくと洞窟の前に着く。

「イメージしてたよりも入り口はかなりデカいな。シャーミリア、洞窟に人の気配は？」

「入り口付近には特に敵はいないようです」

「よし、急いで進もう。索敵は頼む」

「かしこまりました」

洞窟の中は真っ暗で視界はゼロ。ただシャーミリアの眼だけが赤く浮いて見えるが、ヴァンパイアが隣にいるのは心強い。しばらく歩くとスッとシャーミリアの手があげられた。

「ご主人様、おそらく毒が焚かれています」

「毒？」

「はい、いかがなさいましょう。私奴には効きませんが」

「わかった」

俺は自衛隊の85式防護マスク4型を召喚した。自衛隊化学科で使われているガスマスクだ。

「よし、行こう」

音を立てないようにさらに進むと、シャーミリアが再びその美しい指先を洞窟の奥に向ける。暗視ゴーグルで見てみると、六人の騎士が洞窟の壁に張り付いて敵の侵入を待っているかのようだ。間違いなくこれは罠なのだろう。スッ。シャーミリアの気配が消えた。暗視ゴーグルで見るとシャーミリアはすでに敵のそばにいた、六人の兵士は音もなく倒れていくが、仲間が殺されていることにも気がついていないようだ。シャーミリアが手を上げて合図をしてくる。

「用意周到に罠をかけているな。ギレザムたちは仲間のところまでたどりついたのだろうか？」

「奥から何かが動く音が聞こえます、おそらくは戦闘の音かと」

「あいつらはここを突破したのか？」

「あえて通したのかもしれません」

「なるほど」

その洞窟の奥は広い空間になっていた。まずは入り口の壁に張り付いて内部の様子を見る。

「ふはははは！　オーガの力とはその程度のものか！」

「まったくです。身の程知らずとはこのことです」

ギレザム、ガザム、ゴーグの三人が満身創痍の状態で膝をついていた。奥には数人の人間が捕らえられているのが見え結界で囲われている。結界の光が明るく洞窟内を照らしていた。敵の騎士に一人デカイやつがいるがそれが仁王立ちになって、膝をつくオーガたちを見下ろしている。

《コイツ一人でギレザム、ガザム、ゴーグの三人と戦い、さらに優位に立っているってことか？》

数人の騎士がそこらに転がっているが、すでに十人は死んでいるようだった。

「よくも俺の部下を殺してくれたなぁ」

悲しみも何もない、むしろ笑っているような表情でそう言っているのは大隊長のグルイス・ペイントスだった。野太い眉毛と丸太のような腕と足、胸筋が鎧を押し出している。筋肉の塊の大男。世紀末じゃ絶対に御輿に座ってるタイプだ。

「まったくです。お前たちのせいでいらぬ損害を被りました」

そこそこ鍛えられた体の女っぽい顔をした男がそういった。2番隊隊長のキュリウス・ライアーだった。おそらく世紀末じゃあ裏切るタイプのおしゃれ人間だ。

「ぐぬぅ！　汚い真似を！」

「いいえ、戦いというものは非情なものです。当たり前のことをしているだけですよ」

《それは俺も同感だ。戦争にルールもくそもない》

「しっかし頑丈だな、お前ら。俺の部下になる気はないか？」

グルイスがオーガ三人に語り掛ける。

「誰がお前の部下などに、いま縊り殺してやるからまっていろ！」

ギレザムが肩で息をしながら答えるが、どうやっても勝ち目がなさそうだ。

「ここからどうやって勝つつもりだ？」

「そうです、お前たちは魔人だけに効く毒を吸い込んでしまっているのですよ。屍人でもない限りはかなり苦しいはず。敵ながら褒めて差し上げます」

キュリウスが見下したように言っている。

「殺してやる」

ゴーグがつぶやくがほとんど生気がない。オーガ三人は毒を吸い込んだとみていいだろう。

「シャーミリア、これ耳に入れろ」

「かしこまりました」

「そしてこれを装備しろ」

「はい」

シャーミリアに渡したのは、召喚した米軍が使うＴＣＡＰＳスマート耳栓だった。自分も同じものを耳に入れる。そしてシャーミリアに装備させたのはＭ２４０機関銃とバックパックだ。

「あれは、光属性の結界だよな」

「はい」

「破邪の魔法とか使われたら動けなくなる？」

「不甲斐ないのですがそのようになります。最悪は消滅します」

《消滅されたら困る》

俺はＡＰＣ９サブマシンガンを背負い、新たにバレットＭ82ライフルを召喚した。

「ギレザム、ガザム、ゴーグ聞こえるか？　返事はしなくていい」

「………」

三人とも気がついたようだ。イヤホン越しだから相手は気がついていないだろう。

「今から魔法使いを殺す。結界がとけたらすぐに仲間を救出しろ」

三人は返事をすることもなく聞いている。

「シャーミリア、ここの洞窟の天井は高いか？」

「百メートルはあるかと」

「なら広場の中に入り、空中で待機しろ」

「恐らくあの大男に気づかれますが？」

「囮(おとり)だ。気を取られた隙(すき)に俺が魔法使いたちを殺す。魔人たちに合流して騎士を殺せ」

「かしこまりました」

「くれぐれも斬られるなよ」

「善処いたします」

シャーミリアですらあの大男を警戒しているようだった。そして、スッとシャーミリアは消えていった。

「ん？　なんだぁ？　ネズミが入り込んだなあ？」

どうやら相当な手練(てだ)れのようだ。すぐにシャーミリアが侵入したのに気がつかれてしまった。大男がシャーミリアに意識を向けたため、魔法使いに照準を合わせていたライフルの引き金を引く。ズドン！　ズドン！　ズドン！　魔法使いは頭から血を噴きだして倒れた。結界の光が消え、闇が洞窟内を支配する。すると猛然とものすごい気がこちらに迫ってきた。どうやら敵の大将が大男らしからぬ速力で俺に近づいてきているようだ。

「やっぱ気づかれるよな」

俺は逆にそいつに向けて突進し、M84スタングレネードを召喚し一瞬で四個ばらまいた。キイイイイイイ！　１８０デシベルの爆発音１００万カンデラが一気に周囲を照らした。

《これで街にいた強い騎士はぐらついたんだ！　間違いなくこいつも…》

苦にせず突進してきている！　そいつはそのままの勢いで俺の目と鼻の先まで来て、剣を水平に薙(な)ぎ払ってきた！　すれ違いざまにバレッタM82で受けて横に飛ぶが、対物ライフルは一刀のもとに両断され、横っ腹を深く斬られて大量に血を噴きだしながら吹き飛ばされる。

《いってぇぇつぇぇ！　しっ死ぬ死ぬ!!》

俺は背負っていたＡＰＣ９サブマシンガンを寝っ転がりながら大男に向けていた。ガガガガガガガガガ！　暗闇の中にサブマシンガンの光が散る！

「ぐぉぉぉぉぉぉ」

近距離から９㎜ＸＭ１１５３ホローポイント弾の連射を受け、唸り声をあげ動きを止めた。

「ガハッ！」

大男は吐血しながらも、すぐに動き出して俺を斬りにきた！　振り下ろされる大剣！

《終わったぁぁぁ》

ギィイイイイン！　剣は俺の目の前、十センチで剣がとまった。

「ラウル様、大丈夫ですか!!」

止めたのはギレザムの剣だった。間一髪で俺のところまで来てくれたらしい。洞窟の奥ではシャーミリアのＭ２４０機関銃の掃射音が聞こえる。

「だっ大丈夫じゃないかも」

「よくも！　ラウル様を！」

ギレザムが大男を剣で薙ぎ払うが、男はすんでのところで後ろに跳躍し剣を逃れる。

「痛ってえなぁ小僧。体がちぎれそうだったぞ！　何をした？」

大男が叫んでいる。ＡＰＣ９サブマシンガンの乱射を、至近距離で受けたのが効いたらしい。

《というか…サブマシンガンの乱射を至近距離で受けても即死しない？》

「コホー、コホー」

「なんだその変なお面は？」

俺は85式防護マスクをかぶっているため息苦しいし、斬られた腹から出血しているようで力が抜けてきた。シュパっ！　大男のいた場所をかぎ爪が通り過ぎ横跳びでそれを回避される。

「おお、死にぞこないのライカンじゃねえか、まだ動けんのか、てめえ」

シュ！　二本の短剣が後ろから差し込まれるが、大男はそれも躱した。ガザムの気配を捕らえるとはかなりの達人とみていいだろう。間違いなくこいつが大ボスだ。

「まったく、お前らの攻撃は読めてるんだってーの。そらっ！」

ブン！　大男が持つ大剣がシュンと消えた！　ガキィイイィ！　ガザムが二本の短剣で受け止め、自ら後ろに飛んで躱すが大男の剣の威力が上回るらしく、血を吐きながら吹き飛んでいく。

「コフー！」

いきなり！　ゴーグが俺の首根っこを摑んで洞窟の入り口の方へ走っていた。

「ま、まてまてまて！」

少し距離を置いてゴーグが止まる。

「ラウル様、このまま逃げましょう！」

「いや俺を、ガルドジンたちのところに連れていってくれ」

「それは…わ、分かりました」

俺は一気に倒れている魔人たちのもとへ連れていかれる。魔法使いがいなくなったことで結界が解かれていた。十人ほど魔人がいて一人は目をつぶっていて動かない。死んでいるのか？

「大丈夫ですか？」

牛の顔をした男に聞いてみる。

「身動きがとれない」

「父さんは？　ガルドジンさんは？」

俺が聞くと魔人たちがざわついた。

「あっ、あなたがアルガルド様！」

死んでいたと思っていた男が目を開いた。だがその目は曇り俺を捉えてはいないようだった。手を誰もいない虚空にかざして言う。

「アルか？　アルガルドなのか？」

俺はその手を掴んで声をかける。

「父さんだね？　俺がアルガルドだよ」

「イオナさんは無事なのか？」

「ああ」

ガルドジンは光のない目から涙を流している。

「こんな無様な姿をさらしてしまってすまないな、ゴフゥ！」

いきなり大量の血を吐いた。

「いいよ父さん、もう話さないで」

「ぜぇぜぇ、いいんだ。お前も怪我をしているのか？」

「ああ、俺もやられてしまった」

「くっ!!　くそ！　ゴボッ」

かなり重傷だ。早くなんとかしてやりたい、サナリアの時のように無力な俺ではないはずだ。

「ようよう、俺をほったらかしにして感動の親子の再会ってわけかい？」

大男が近寄ってきた。暗闇もまるで関係ないように歩を進めてくる。

「オーガのやつらも本当にしぶてぇ」

大男の後ろにはギレザムとガザムが倒れていた。

《殺された？》

二メートル二十は超えている大男が大剣をもって見下ろしている。グルイス・ペイントス。バルギウス帝国の辺境方面軍第４大隊の大隊長だった。

「おまえがアルガルドかぁ？　探したぞ。そっちから来てくれるとはなぁ！」

口の端から血をたらして、大男が俺のほうに近寄ってくる。

《さっきのサブマシンガンの掃射がそうとう痛かったんだな。怒ってる》

「アル！　にげろ」

「アルガルド様！　ここはなんとか食い止めます！」

「命に代えて時間を稼ぎますゆえ」

「なんとしてもお逃げください！」

「あなたが生きてさえくれれば！」

牛頭のやつが、トカゲ人が、鳥の体をした女が、羽が生えた妖艶な女が俺に逃げろという。

「逃がすわけ、ねえだろうがぁ！」

大男がもの凄い覇気をぶつけてきた。並の者なら萎縮して動けなくなってしまうだろう。

「アルガルドよ、逃げるのだ。お前だけでも！」

魔人たちがよろよろと立ち上がり動き出したが、どうも役に立ちそうもない。

「ガルドジン父さん。俺もかなりの怪我で動けないよ」

俺はガルドジンに伝える。ギレザムとガザムが這いつくばりながらもズズズと前に前に進んでいた。動けないほど痛めつけられたらしい。殺さないのは配下にしたいからなのか？

「ゴァァァ」

ゴーグの体が膨らんできた、狼に変身するつもりなのだろう。しかし体のあちこちから血が噴き出して思うように変身できないようだった。

「おうおう、そんな体で変身したら死ぬぞ、てめえ」

大男がゴーグに対して蔑むように言う。案の定ゴーグは倒れてしまった。

「うわっはっはっは、言わんこっちゃねえ。じゃあ殺していくか！」

剣を振り上げて、俺たちのほうを睨んでいる。

「毒にやられてさえいなければ」

　魔人の誰かがつぶやいた。大男が俺に剣を振り下ろす。

《だめか!!》

　その時、誰かが俺の体を後ろから引っ張って剣を避けさせた。

「ぐあぁぁぁぁ」

　俺を引っ張ったのは鳥の体をした女だった。剣で斬られるすんでのところで俺を引き戻したらしい。そして俺をかばうようにして、叫び声をあげているのは羊のようなツノが生えているやつだった。

「ダ、ダーマ！」

「おいおい、殺す邪魔すんなよ」

　スパッ！　ダーマと呼ばれた羊男の首がなくなった。シャアアアアと噴水のように俺と鳥女に血が降りかかる。更に横から俺に覆いかぶさる毛むくじゃらの男が、体を縦に斬り裂かれた。

「邪魔だ！」

　大男が斬り捨てたのだった。俺たちはただ蹂躙されるのを待っているだけなのか？　そのときだった。ズズズズ…ズリ…ズリズリ……ザササ…

「ん？　どうしたお前ら？　いや…キュリウス？　…おめえ屍人になったな」

　キュリウスが青白い顔で、グルイス大隊長に向かって剣を構え進んでいく。他の十人の騎士たちもグルイスに剣を向けているようだった、ギレザムとガザムの倒れている後ろからも数十人やってくる。騎士たちがゾンビになって大男に向かっていくのだった。

「しかたねえなあ、お前ら、まあ…ここまでついてきてくれて、ありがとうな」

大男は前に立ちはだかるゾンビから順番に首を撥ねていく。とにかく隙ができた。

《これはシャーミリアが俺にくれたチャンスだ！　なんとかしないと…体、動いてくれよ》

俺は唯一、無線を使わないでも話せるようになったシャーミリアに伝える。

《シャーミリア。お前、死なないんだよな？》

《太陽光か聖魔法、銀で心臓を刺されない限りは》

《分かった。俺が光る武器を使うから、同時にあいつの動きを止めてくれ。剣だけは避けろ》

《やってみます》

こいつは大男に似つかわしくない、ものすごいスピードで動く。チャンスは一瞬。これを避けられて俺が殺されればおそらく全滅するだろう。もし俺たちが全滅すれば街に残してきたイオナやマリア、ミーシャ、ミゼッタも絶望的だ。おそらくマキーナ一人ではこいつを止められない。俺は再びスタングレネードを三つ召喚した。大男の方に投げ込むと、大男はそれを斬った。

キィィィィイン！

「さっきから、なんなんだよこれは！」

スタングレネードが一瞬大男の動きを止めた。俺が何かすると思ったのか、大男がこちらに一直線に突進してくる。その背中に機関銃を捨てたシャーミリアがおもいっきりしがみついた。

「なんだぁ！」

ガガガガガガ！　俺が新たに召喚した、12・7㎜M2機関銃から射出された弾は徹甲弾。

シャーミリアにしがみつかれた大男は動きを鈍らせ、機関銃の掃射を至近距離から受けた。

「ぐあああ」

弾は何発も大男の体を貫通し、後ろにしがみついたシャーミリアごと撃ちぬいて、十メートルも吹きとばして地面にたたきつけた。大男の腹の部分にはいくつもの大穴が空いていた。

「ゴボァ」

大男は大量の血を吐きだして動かなくなる。

《シャーミリア、ごめん！　だがおかげで助かった！》

ズ…ズズズ…ズ

《えっ！　えっ！　うそだろ！　大男が動いたぞ!?　だめなのか!?　これでも死なないのか？》

しかし動いたのは、大男の下敷きになっていたシャーミリアだった。

「お見事です！」

シャーミリアは穴の空いた体で俺をほめてくれた。シュウシュウと穴がふさがっていく。

「大男は？」

「死にました」

「そうか」

ドサッ！　俺はそれを聞いて倒れ込んでしまった。

「ご主人様！」

シャーミリアが俺を抱きかかえた。とにかく腹からの出血がひどい、腹をみると小腸がはみ出ているのがわかった。俺は気を失いそうになりながらも小腸を腹に押し戻して、手で押さえ込むが体が震えてくるのが分かる。ガタガタガタガタ！

《死ぬんだろうな…こんな状態で生きられるわけがない》

そう思った時だった。スッと俺の前に、鳥のくちばしをした魔人がやってきて腹の傷にくちばしを近づけた。くちばしから腹へと白い光が流れると、俺の腹の傷が疼きだす。すると血が止まり、傷口が塞がった。すぐに鳥のくちばしをした女が倒れてしまった。

「あの？」

「死んでいます」

シャーミリアが教えてくれる。

「死んだ？」

すると、ガルドジンが俺に答えた。

「お前を救ったんだ」

「なんで？」

「俺たちを救ってくれたから、最後の力でお前を生かしたのだ」

俺は思わずくちばしの女の手を握りしめた。

「ありがとう」

洞窟(どうくつ)内を制圧した俺は、シャーミリアにおぶさりながら洞窟を出た。外は空が少し薄暗くなってきている。となればシャーミリアが行動できる時間もわずかだ。

「ラウル様！」

ボロボロの俺にマリアが駆け寄ってきた。

「怪我(けが)を、怪我をなさっているのですね！」

「ああ。治してもらったから問題ない。ただ血が流れすぎて身動きが取れない」

「とにかく車の中に！」

マリアが俺を、イオナが乗るストライカー装甲車に連れていく。街の人たちも心配そうに俺を見ている。ストライカー装甲車の中に俺が運び込まれイオナたちに囲まれる。

「ラウル!!　また、あなたは無理をしたのね！」

イオナの目からポロポロと涙が出てくる。

「母さん、大丈夫だ。死にはしないよ…たぶん」

ミゼッタも泣きながら俺を見ている。

「ラウルぅ」

今は状況の掌握(しょうあく)が先だった。気を失いそうに眠いがとにかく話を進める。

「マリア、状況は？」

「分かりません。まだ都市内で戦闘は続いているようです」

「そうか、まだ街に戻るのは危険だな。シャーミリア、マキーナをこちらに戻せ」

「かしこまりました」

マキーナはすぐに戻ってきた。

「ご主人様！　なんというおいたわしい姿に！」

「大丈夫だ。それで街中の様子はどうなっている？」

「生きている者はあらかた掃討したと思いますが、まだ敵は家の中に潜伏しています」

「分かった」

まもなく夜が明ける以上は、ヴァンパイアの彼女らを動かすのは得策ではない。

「そろそろ夜が明ける。シャーミリアとマキーナは洞窟に潜伏しろ」

「しかし、ご主人様！」

「命令だ」

「かしこまりました」

「ポール王！　洞窟にガルドジンと一派がおります。彼らを救出してくださいませんか？」

「分かった！」

陽が昇り太陽が真上に来る頃には、ポール王と都市の人々が魔人たちを救い出し手厚い治療をしてくれていた。そんな膠着（こうちゃく）状態の中で俺に一報が入る。

「ラウル様！　どうやら船が着いたようです」

ミーシャが慌てて俺に伝えてきた。

「えっ！　船？」

「どうやら魔人の国から来たみたいです」

「魔人の国だって？　ガルドジンに攻撃を仕掛けに来たのか？」

俺はガルドジンを守るべく、ふらふらになりながらも急いで魔人たちのもとへと向かった。

「父さんの容体はどう？」

「眠っています」

「アルか？」

「ああ、父さん。大丈夫かい？」

虚ろな目で空虚を見ているガルドジンの手を握った。

「何か動きがあったのか？」

「どうやら魔人の国から船が着いたみたいなんだ」

「やっと来たのか」

「ん？　父さんは知っていたのかい？」

「救援要請の書簡を魔人に持たせ飛ばしたのだ。ルゼミアに直接送った」

「そうだったのか……」

とりあえず俺たちは魔人の援軍を迎え入れることになった。船から魔人たちが降りてくる。

《凄いな。魔人って伝説の生き物のオンパレードじゃないか！　目がいっぱいある、次のやつは蝙蝠のような羽が生えているヴァンパイアじゃないな。よく見るとなんだかやたらイヤらしい》

そしてその魔人の列が左右に割れた。そして奥から人が一人歩いてくる。

「ガルドジンはどこじゃ？　どこにおるのじゃ？」

《体の小さい華奢な女の子？　子供じゃないよな？　ぺったんこだけど。体つきは大人っぽい感じもするし幼い感じもする可愛い女の子だ。前世でほうきに乗って物を運ぶ仕事をするこんな感じの魔法使いがいたような。露出の多い煽情的な服装と、言葉遣いが全く似合わない！》

「なんじゃ？」

一直線にガルドジンまでの道が出来上がった。グォォォォォ！　その女の子は周囲に火をまき散らしながら、一気にガルドジンと俺の前に低空で飛んできた！

「ガル！　どうしたのじゃ？　なんでこんなひどいことに！」

《お！　おっかねえ！》

「ルゼミアか？」

ガルドジンが見当違いの方向に手を差し出すと、魔人の王はそっとその手を取った。

「だれじゃ！　誰がこんなひどいことを。いま治してやるからの！」

「無理だ。ルゼミア、俺はかなりひどい状態だ。たぶんすぐには治らん…」

「そんなことない…うっ」

ルゼミアはガルドジンをみて息を呑んだ。たぶんそうとう酷いのだろう。

「何もしないでなどいられるものか！」

ルゼミアの手から光がほとばしると、ガルドジンの傷はうっすらとひいていく。だが、またすぐ傷痕が浮き上がってくる。

「中がかなり酷いんだ」

するとルゼミア王の全身が輝き出し、明るすぎて直接見ていられないほどになった。シャァアァン！　と音がすると、次の瞬間光が収まり、ルゼミアの手首を握るガルドジンがいた。

「何をしている！　おまえが死ぬだろう！」

「いいんだ！　私の命など！」

「お前には魔人に対しての責任がある！」

ルゼミアはどうにか感情を抑えようとしているらしく、わなわなと震えている。

「そしてな、こうしてアルガルドが俺のもとに来てくれたんだ」

「なに！　そうか…お前がアルガルドか。噂(うわさ)通りただの人間のように見えるのだな」

ルゼミア王が優しく俺を見る。

「は、はい。へ、陛下、私は人間として育てられました」

「はて？　お前のもとへヴァンパイアを迎えに行かせたのだがな」

「はい、おります。今は昼間ゆえ寝ておりますが」

「奴らへの繋(つな)がりが途絶えて心配しておったのだ」

《やばい、あの二人は俺に寝返ったんだった。どうしよう…もしばれたらどうなるかな？》

「顔を良く見せよ。ふむ。しかしお前シャーミリアに懐かれなんだか？」

「親しくしてもらっています」

「そうか、どうやらあれの好みの顔をしておる。妾に似て趣味がいい女での」

「はっはは…」

《俺の配下になったって言ったらどうなるんだろう。すんごい怒られそうな気がする》

「まあよい。それでバルギウスの人間どもはどうした？」

「大方片付けました」

「千人のバルギウス軍を片付けた？　バルギウス軍を倒した大軍はどこにいるのだ？」

「戦ったのは、四人の女子供、オーガ三人、ルゼミア王が遣わされたヴァンパイア二人です」

「それだけ？　いくらシャーミリアがいたとはいえそれはないだろう。相手は？　千人はいたのではなかったのか？　敵は無能の集まりだったのか？」

ルゼミア王はポカンとした間の抜けた顔をした。

「いえ確かに千人はおりましたし、手練れもおりました。まだ家々に潜伏中です」

「なあああぁぁにぃぃぃぃ!!」

《ん？　ルゼミア王の口から火が出た？　目にも火？　地獄の門を開いたような恐怖が襲う》

「ひっ！」

あまりに怖くて変な声をあげてしまった。

「なあぁぜぇ、自分の父親がやられて敵を生かしておるのだぁぁ！」

「ひぃぃぃぃぃ」

《怖い、怖いよう》

「ま、まてルゼミア！　アルガルドにもなにか考えがあってのことだ」

「うるさい！」

ルゼミア王がスッと手をあげた。すると周りにぼろを着た、ふわふわ浮いてるやつらが来た。フードから覗く目だけが光を放ちあとは真っ黒だった。ふわりと街の中に飛んでいく。

「始末しろ」

ルゼミアが言うと、従えていた魔人たちがその飛ぶボロについて街の中に入っていった。

「ぎゃあああ」「う、うわああ」「あああああ」建物の中から何か恐ろしいものを見たような顔で隠れた兵士たちが外に飛び出してきた。出てきた所に魔人たちが襲いかかる。ドチャ！　巨人の棍棒で人がぺちゃんこになった。ブシャー。イノシシの大男が人を手で持って二つに引き裂いた。バサバサ！　鳥女から上空高くに連れていかれたやつが、かなりの高さから落ちてきた。ドサッ！　静かになった。すべて終わったらしく魔人がみなルゼミアのもとへ戻ってくる。

「片付きました」

牛のツノを生やした屈強な男が報告してきた。

「ご苦労」

ルゼミアが手で下がれと合図する。

「ガルドジン！　みーんな始末したよ」

にこにこしながらガルドジンにルゼミアが伝える。さっきあんなに怒ってたのに？　怖い怖い。

「しかしお前もガルに似て甘いようだねぇ、優しいのも時と場合によるんだよ」

ルゼミアが俺の頭を撫(な)でて、微笑(ほほえ)みながら言う。

「は、はい」

《うえーん、怖いよぉ》

どうやらこれでグラドラムの首都にいるバルギウス兵は全滅した。

「ガルよ。妾と共に行くのだ。どんなに時間をかけてもガルを治す」

「わかった…その代わりルゼミアに頼みがある。俺たち全員を連れていけ」

「全員?」

「容易(たやす)いわ」

「ああ、俺の部下たちとアルガルドの仲間を全員だ」

「あっあの、人間が行っても大丈夫なのでしょうか?」

「お前は見た目だけだろう。問題ないわ」

「いえ、俺の仲間は人間ですが」

「そうなのか?」

「はい。みんな出てきてくれ」

車の中からイオナとミーシャ、ミゼッタ。車の天井からマリアが降りてきて集まる。

「この者たちはなんじゃ?」

「私の育ての母とその従者たちです」

「アルガルド様の育ての親にあたります。イオナ・フォレストと申します」

「おぬし身重ではないか？　よくぞここまで逃げてこられたな。ここからは安心するがよいぞ！」

「ありがとうございます」

イオナが深く頭を下げた。

「わかった。ガルドジンがついてきてくれるのなら、お前たちを招き入れることなどなんでもない。ユークリット王国からの来賓(らいひん)として迎え入れようぞ」

「お願いします」

「それでは行くぞ」

《いやいやいやいや。まってまって！》

俺は慌ててルゼミア王に進言する。

「お言葉ではございますが、街をこのままにしてはいけません。これでは民も辛(つら)いでしょう」

「おお、そうか。なら配下に片づけを手伝わせよう」

ルゼミアのしもべたちがぞろぞろと街の中へ行こうとする。

「あ、あの！　ちょっと待ってください！」

俺はもう一度ルゼミア王を引き留めて話をする。

「なんじゃ？　早く我が国へ帰りたいのだがのう」

「死んだ敵兵も墓に入れたいのです」

「敵兵を弔うということか？」

「はい」

「それはお前にとって大事なことなのか？」

「大事です」

「分かった。ならばそうさせよう」

ルゼミアはものすごく物分かりがいい。もっと暴君のようなイメージを持っていたのだが、俺の意見を取り入れてくれる。目から火を出している人とは同一人物とは思えなかった。

「皆さん！　敵は全滅いたしました！　ただこのまま野ざらしにしてしまうのは忍びないのです。敵兵も弔ってあげたい！　もちろん街の亡くなった人が優先ですが、いかがでしょうか？」

するとポール王がもちろんという顔で言う。

「敵に慈悲をかけるとは素晴らしい御方だ！　みんな！　我らを救ってくれた英雄の頼みだ！　敵には恨みもあるだろうが丁重に弔ってやろうではないか！」

「みなさん！　戦いは終わりです！」

「おおおおお!!」

街の人が歓喜した。

俺が敵を弔ってやりたい本当の理由は、追手が来た時の証拠隠滅のためだけど。

戦いが終わってからの五日間はいろいろあった。まずは戦いの終わったその夜のこと、シャーミリアがルゼミア王へ話をしに行きたいというので一緒についていった。

「ルゼミア王よ、私奴のご無礼なふるまいをお許しください。私奴はアルガルド様の配下としてついていくこととしました。もし気に入らないのであれば魔法で消滅させてください」

「なぜ、お前を消し去る必要があるのじゃ？　好きにすればよいであろう？」

「それでは、他の者に示しがつかないのでは？」

「そんなものどうでもよいわ。自分の信ずる通りやればよかろう」

「あ、ありがとうございます」

「アルよ。シャーミリアをよろしく頼むぞ」

「はい」

「ご主人様！　よろしくお願いします」

《ん？　今…シャーミリアの目がハートになってなかった？》

ルゼミア王はすんなりシャーミリアを俺の配下として渡すと言ってきた。

「妾は本当は、魔人の国も魔人軍もいらぬのじゃ。ガルドジンと一緒にいられればいい、アルガルドが良ければ国ごと引き取ってくれても良いのじゃぞ！」

《いやいやいやいやいやいや。そんな重責負いたくねえ！》

「いえ私には過分です。ただルゼミア王、私を自由に働かせてはくださいませんか？」

「ああ、もとよりお前は自由であろう。妾も自由だ、特に制限されるものはないぞ」

「私は父のガルドジンをあのようにした元凶、育ての父と仲間を滅ぼしたやつらが憎いのです」

「わかるぞ妾も許すことはできん。それでその憎い相手をどうしたいのじゃ？」

「戦いを挑みます。それ故お力添えをいただければ非常に心強く思います」

「そうじゃな。ガルの息子の頼みとあっては断れまい。魔人軍を好きにするが良いぞ」

「ではまたの機会にご相談させてください」

「いつでもまいれ」

魔王の言質をとった俺は、新たにすべてを取り戻すという誓いを胸にするのだった。

それが戦いが終わった日。


さらに次の日、シャーミリアが俺に提案をしてきた。

「ご主人様。洞窟内で倒した大男ですが、肉体と気が巡りやすい魂は使えると思われます」

彼女はバルギウス第４大隊隊長のグルイス・ペイントスという男のことを言っている。

「あの怪物か」

「はい。私奴は昼間はご主人様を守ることができません」

「仕方ないさ、ヴァンパイアだもの」

「はい。それで出来れば、昼に守れるものをご主人様のお側に置いておきたいのです」

「あれを屍人にするのか？」

「いえ…超屍人と呼ばれているものを作りたいと思います」

「ハイグール？」

《ハイボールじゃないよね？》

「私はオリジンヴァンパイアといって、数千年を生きる生粋のヴァンパイアなのですが…」

《おばあちゃんどころではない！　なんでこんなに妖艶な美女なんだ…あ、不老不死だからか》

「数千年かけて増え続けた眷属は、マキーナだけになってしまいました」

「ああ、俺たちが滅ぼしてしまったからか…すまんな」

「些事はどうでも良いのです。数千年で、こんなに理想的な素体と大量の供物…新鮮な兵士の死体が一度に手に入ることなど初めてのこと。それ故にぜひやりたいことがあるのです」

「それがハイボールじゃなくてハイグール作り？」

「はい、ご主人様の守護者としては最適かと…」

「分かった、自由にしていいよ」

「では、敵兵の死骸を全て私奴に下賜ください」

「分かった」

「ありがたき幸せ！　成功させるよう頑張ります」

それからシャーミリアたちは騎士たちの遺体を、夜通しどこかに運びさってしまった。

「では、しばらく洞窟へは誰も入らぬよう人払いをお願いします」

「俺もか？」

「申し訳ございません。できましたらご主人様も…」

「分かった。皆に伝えておく」

「ありがとうございます」

《なんか…鶴の恩返しみたいな話になってきた。いやヴァンパイアの恩返しか？》

あれから二人は洞窟からでてこない。覗(のぞ)き見するとどこかへ飛んでいきそうなので、そっとしておくことにする。


そのころ洞窟では…

「さあ、もう少しだよ。早く食べてしまいな！」

シャーミリアが誰かに命令していた。マキーナは横で兵士の死骸を食べやすいようにバラバラにしている。そしてそこには口が胸の上あたりまで縦に裂け、牙が大量に生えているサメの口のような生き物がいた。マキーナがバラバラにした死骸を次々と、その縦の口に放り込んでいく。じゃぁぁじゃぁぁ！　咀嚼音(そしゃくおん)というより、ジューサーみたいな音がする。

「ノロマだねえ！　そんなんじゃご主人様のお役にたてないじゃないか！　はやくおし！」

絶対に失敗は許されない。シャーミリアは最後の仕上げに取り掛かるのだった。

静かな月夜、ポール王城の一室で俺は寝ていた。城といっても、ユークリット王国にあるような巨城ではない。サナリア領主の俺の住んでいた屋敷より少し大きいくらいの建物だ。その室内の空気が僅かに動いた。俺は誰が来たのかすぐにわかった。

「シャーミリア、どうした？」

「ご主人様、ようやく準備が整いました。私奴と一緒に来てくださいますか？」

「分かった。行こう」

俺はシャーミリアに抱かれ月夜に飛ぶ。そして連れられた洞窟の広場には誰かが立っていた。

「ご主人様！　間もなく完成します！」

なんかシャーミリアが嬉しそうだ。そこに立っていたのは、すっかり変わり果てたあの筋肉おばけの大男の騎士だった。しかもなんか様子が変だ。顔が大男のようであり最初に倒したイケメンの騎士のようでもあり、魔人を捕えていたあのズルそうな顔の男のようでもあった。

「では」

シャーミリアがおもむろにそいつの背中に、手刀を突き入れた。ズボッ

「くっ！」

シャーミリアが、少し辛そうだった。

「お、おい。大丈夫か？」

「問題ございません。ぐっ」

「おいおい」

マキーナが倒れそうなシャーミリアを支える。ズリュゥウ！　音を立ててシャーミリアがそいつから腕を引き抜いた。フラフラしてる。

「私奴の血をかなり入れました。あとはご主人様を覚えさせるだけにございます」

「どうすればいい？」

「私たちにしたように、ご主人様の血を少しお分けください」

俺はコンバットナイフを召喚して手のひらを切った。ボトボト！　血がしたたりそいつの口元に近づける。すると蛇のように長い舌が出てきて、俺の血をぴちゃぴちゃと舐め取った。

「いつまで舐めてんだい！」

シャーミリアのハイキックで首が後ろに折れた！　ゴキゴキいいながらすぐ元の位置に戻る。

「ご主人様、すみませんでした」

シャーミリアが俺に謝る。俺はフラフラになっているシャーミリアに言う。

「お前にもやるよ」

「そ…そんな…あ、ありがとうございます」

シャーミリアは舌先で俺の手のひらの血を舐めとり恍惚の表情を浮かべた。

「ああ、はぁはぁ」

するとマキーナもその場にうずくまる。疼いているようだった。

「マキーナも来い。お前にもやる」

「は、はい」

　マキーナも俺の血を舐めとった。俺から口を離すと血が口の回りについていた。するとシャーミリアがマキーナに近づいてきて、口の回りについた血を舐めとっていた。ぴちゃぴちゃと淫靡(いんび)な音が暗闇の洞窟に鳴り響いていた。

「ご主人様、失礼いたしました。醜(みにく)い様をお見せしてしまい申し訳ございません」

「いいよ。お前も血を抜かれて栄養が必要だろ」

「お心遣い痛み入ります」

「で、こいつはどうなんだ？」

「完成にございます。千体の供物(くもつ)がなせる技です。こやつは陽の下でも活動し不老不死で眠ることもいりません。破損した場合は人間の屍肉を喰らえば直ります。そして許可を出さねば人間を襲うこともございません」

　シャーミリアがまるで新車の展示発表会のように説明している。

「力は？」

「はい、魔人をはるかに凌駕(りょうが)するでしょう」

《ま、まるで未来から送られてきた殺人ロボットだな》

　シャーミリアのハンドメイド、ハイグールの守護者が俺のしもべに加わったのだった。

エピローグ

魔人の国に向かうため、俺たちは魔人の国の船に乗って海の上にいた。北の海は穏やかに凪いでいる。本来はシーサーペントや巨大テンタクルスなどがいるようだが、ルゼミア王の前ではおとなしいのだそうだ。人間の船ではこの海は渡れないらしい。その船の広い食堂で俺たちは魚を食べていた。

「しかし！　うまいな！　魚！」

「新鮮なのね、サナリアで食べた魚より美味しいわ」

家族と仲間たちの、平和な日常の一コマがこの上ない幸せだった。

「ラウル様もすっかり回復なされてよかったです」

ギレザムも魚を食べながら同じ食卓についている。ゴーグなんかもう頭ごとバリバリいってる。可愛い顔なのにワイルドだ。ガザムも静かに食べていた。

「みんなも回復してよかったよ」

俺が話しかけると笑って返してくれる。シャーミリアたちは船底にある棺で眠っているらしい。

「あと、お前は食べないんだったな」

俺は後ろに立ってるボロ布をかぶったハイグールに話しかけるが、何も答えないでまばたきもせずに前を見ている。

《なんかこいつの名前考えないとなあ…》

さらにガルドジンの部下たちも俺と一緒にいた。牛頭がミノス、ミノタウロスという種族で背が高く筋肉が凄い。イノシシ頭がラーズ、こいつは相撲とりを何倍にもしたような体つきだ。トカゲ顔をしたやつがドランでドラゴンの血が入った人間らしい。下半身に鱗と水かきがあるセイラ。下半身以外はほぼ人間と一緒で、服を着たら分からないがよく見るとエラがある。小さくてずんぐりむっくりした男がスラガ、戦うときは巨人に変身するんだとか。羽と小さいツノが生えた妖艶な女がアナミス。

「ルゼミア王に聞いたんだが…父さんの目は治らないそうだ。体はルゼミア王が診てくれているが思うようにいかないらしい」

食卓がシンとする。

「俺はガルドジンをああしたやつらと、俺の育ての親であるグラム父さんを殺したやつを許さない。みんなの家族やサナリアの人たちを殺したやつらに、かならず報いを受けさせようと思う。だがそれは俺の思いだ。みんなは俺に付き合わなくていい。平和に生きてくれていいんだ」

「私にはなんの力もないけど気持ちはラウルと一緒よ。グラムの仇をとるまでついていくわ」

イオナが力強く言う。

「ラウル様、私は必ずあなたを守ると約束しました。いまさら置いていかないでくださいね」

　マリアがにっこり笑いながら言う。

「私も大切な人を失った悲しみは、絶対にわすれません。命尽きるまでお供させてください」

　ミーシャが、ことさら大きな目を見開き伝えてくる。

「ラウル！　私も足手まといかもしれないけど、役に立ちたいの！　だからついてく！」

　ミゼッタも必死な形相で、こぶしを握りしめて言う。

「あの、ラウル様」

　ギレザムが改まって俺に話してきた。

「ここに集まった魔人九人が全力で、あなた様を守り通すようにガルドジン様から申しつかっております。なんなりとお申し付けください」

「ん？　父さんについてなくていいの？」

「これからはラウル様についていけと言われております」

「ガルドジンはあんな状態なのに？」

「ルゼミア王が一生をかけて治すそうです。むしろ…我々は邪魔なようですが」

「ああ…そう」

「はい…」

　ルゼミア王は父さんを独り占めしたいんだと思う。

「分かったギレザム、それで魔人の国はどんなところ？」

「はい、北の国ですので冬はかなり寒いですね。木はほとんど生えていません。夏になれば陸地も見えますがとても美しい国です。寒い時は天に光の幕がおります」

《前世でいうところのオーロラが見えるらしい。地理的にいえばグリーンランドあたりの感じかな？　この世界の地球儀みたいなものはないが、そもそも惑星なんだろうか？》

「う、ううう…」

「母さん！　どうしたの⁉　大丈夫？」

食事中、唐突にイオナが苦しみだした。

「さ、産気づいちゃったみたい」

「産気づいた！　た、たたっ大変だ！」

「ラウル様！　あわてないでください！」

《あ、あわてるなと言われましても…前世でも体験したことないし、どうしようどうしよう》

マリアが冷静に指示を出し始める。

「まずはギレザム！　イオナ様をお部屋に運んでください！」

「お、おう‼」

ギレザムがイオナをお姫様抱っこして、部屋に連れていく。

「ミーシャ！　すぐお湯を沸かして！　ゴーグは、たらいを持ってきて」

「はい！」

「分かった！」

「セイラさん、綺麗な布は用意できますか！」

「すぐに」

《あわわわわ。マリアがやたらとてきぱきしている。俺はどうしよう》

「ラウル様！　落ち着いてください。ルゼミア王に伝えてきてください」

「わわ、分かった！」

《とにかくルゼミア王に伝えるんだ、えっと…どこにいるんだ？》

「こちらです」

アナミスが俺を案内してくれる。コンコン！　ドアをノックすると返事がある。

「どうした？」

「はいルゼミア様。母が、イオナが産気づきました」

「おお！　そうか。すぐ行く」

「ルゼミア！　イオナさんを頼むぞ」

ガルドジンが心配そうにルゼミア王に話す。

「任せておけ。人の誕生など幾千も見てきたわ」

俺とルゼミア王がイオナの部屋に行くと、ドアの外には男の魔人連中がウロウロしていた。

「なんじゃ！　お前たち！　男がこんなところで何をしておる！　邪魔じゃ！　去れ！」

「もっ、申し訳ございません！」

男たちはさっさとドアの前から消えた。おっ俺も…

「アルガルド！　何をやっておる！　お前はここで待っておれ！」

「え、でも」

「お前の母親じゃろが！」

「は、はい！」

　そう言ってルゼミア王はドアを開けて入っていった。それから、だいぶ長い時間を部屋の前ですごした。その間も女子連中が出たり入ったりしている。ドアが開くたび部屋の中が見えるが、イオナの開いた白い足の間にルゼミア王がいた。なにやらイオナに声をかけているようだが…あとどれくらいかかるんだろう？

　おぎゃあぁぁぁぉぎゃぁぁ！

「う！　生まれた！」

　ドアが開いて、ミーシャが俺に中に入るように促した。

「あ、あの母さん！　大丈夫？」

「ええ、大丈夫よ」

「ほれ、もっと近くにこんか！」

　ルゼミアに促されイオナの側に座って赤ちゃんを見ると、真っ赤っかでくちゃくちゃだった。

「女の子じゃ」

「女の子？」

「イオナ様がよく頑張りました」

マリアが泣きながらイオナの肩に手を置いている。

「これが…俺の妹？」

「そうよ。妹よ」

「うっううう…」

《この過酷な旅を生き抜いて、ちゃんとお腹にしがみついて俺たちと一緒に旅をしてきたのだ。そして、あのグラムの子だ！　無念の死を遂げた父の子供だ！　これが泣かずにいられるか》

「ルゼミア王、何卒この子に名を授けてはくださいませんでしょうか？」

イオナが言う。

「おお、そうじゃな。良い名をおくらせてもらうよ」

「ありがとうございます。健やかに育ちますようよろしくお願いいたします」

「さて、つかれたであろう。家族水入らずでおるがよい」

「はい」

「ではラウル様。私たちは隣の部屋におりますので、何かございましたらお声がけを」

マリアとミーシャ、ミゼッタも隣の部屋で待っているそうだ。俺はぐすぐすいいながら赤ちゃんを見ていた。グラムの面影があるような気がする…まだ分かんないけど。

「ラウル、あなたのおかげよ」

「いいえ…、あの…よく生きていてくれたなと」

「それはそうよ。あの人の子だもの」

「あの過酷な状況で、お前はホントすごいよ」

俺は泣き笑いの顔で妹の指にそっと触れる。すると小さな手で俺の人差し指を握り返した。

「握った！」

「あら、本当ね」

「力強い！」

「やっぱりあの人に似たのかしらね」

イオナは本当に女神になったようだ。超がつく美しい顔に浮かぶ笑顔が神々しく感じられた。

「ルゼミア王のおかげで出産は楽だったわよ」

「そうなの？」

「ええ、無痛になるように魔法をかけてくださったのよ」

「魔法が使えるんだ？」

「魔族には魔法を使える者がいないって聞くけど、魔王となれば違うのかしら？」

「そうかも」

「ラウル。妹を可愛がってあげてね」

「もちろんだよ」

「ありがとうラウル…」

「母さん、もう疲れたろ。俺がここにいてあげるから眠ってね」

イオナはまもなく寝息を立てて静かに眠りに入るのだった。

外は雪……

暖かい船室の中で俺は妹の顔を見ながら、大粒の涙を流し続けるのだった。

あとがき

この本を手に取っていただきありがとうございます。はじめまして、緑豆空(みどりまめそら)と申します。

私がＷＥＢ小説を書き始めて、一年が過ぎたある日のことでした。突然、集英社様より「『銃弾魔王子が大賞です』」と連絡を頂きました。ああ…これは壮大なドッキリなんだ。そう思いました。しかし大賞発表のホームページには、『銃弾魔王子』のタイトルが！　詐欺(さぎ)の類(たぐい)ではなく本当の事なのだと分かり、私の胸は躍りました。しかし…書籍化する為には、かなりの加筆修正をおこなわなければなりません。何とかなりませんか？　と泣きつきたい所を、グッと堪(こら)えてやり遂(と)げました。その努力が報われたのでしょう。イラストは赤嶺直樹(あかみねなおき)先生に決まりました！　と伝えられたのです。赤嶺先生にキャラクターを描いていただける！　私は歓喜しました！

この作品が皆様のお手に渡るまでは、とても信じられない出来事の連続だったのです。

ここで少し、作品についてお話ししたいと思います。

この作品は、中世風の異世界を舞台に、世界を股にかけて活躍する魔王子の、割と王道の転生ストーリーです。ただ普通じゃないのは、主人公の魔王子が現代世界のピストルや機関銃を召喚してしまう事。さらに主人公だけでなく、オーガやオークが現代兵器を駆使して戦ってしまうのです。本当に異世界ものなのか？　と思ってしまうかもしれません。

最後に

これまで応援してくださったウエブ版の読者の皆様！　皆様の応援なくしては、この本が世に生み出されることはありませんでした。担当の松橋(まつはし)さん！　お忙しい中編集していただき、また初めの一歩から、丁寧(ていねい)に教えてくださってありがとうございました。イラストを描いていただいた赤嶺直樹先生！　カッコよくそして可愛(かわい)いキャラを描いていただいてありがとうございました。ダッシュエックス文庫の皆様！　またこの本の宣伝に尽力してくださった皆様！本当にありがとうございました。私はこれからも面白い物語を書くよう精進してまいります。

そしてこの本を買っていただいた読者様に大きな感謝を。

２０２３年２月

緑豆空

ダッシュエックス文庫

銃弾魔王子の異世界攻略
―魔王軍なのに現代兵器を召喚して圧倒的に戦ってもいいですか―

緑豆空

2023年2月28日　第1刷発行

★定価はカバーに表示してあります

発行者　瓶子吉久
発行所　株式会社　集英社
〒101−8050　東京都千代田区一ツ橋2−5−10
03(3230)6229(編集)
03(3230)6393(販売/書店専用) 03(3230)6080(読者係)
印刷所　大日本印刷株式会社

造本には十分注意しておりますが、印刷・製本など製造上の不備がありましたら、お手数ですが小社「読者係」までご連絡ください。

古書店、フリマアプリ、オークションサイト等で入手されたものは対応いたしかねますのでご了承ください。

なお、本書の一部あるいは全部を無断で複写・複製することは、法律で認められた場合を除き、著作権の侵害となります。

また、業者など、読者本人以外による本書のデジタル化は、いかなる場合でも一切認められませんのでご注意ください。

ISBN978-4-08-631499-2 C0193
©MIDORIMAMESORA 2023　Printed in Japan